LES AMÉRICAINES.

LES AMÉRICAINES

OU

LA PREUVE
DE LA RELIGION CHRÉTIENNE

PAR LES LUMIÈRES NATURELLES;

Par Mme. LEPRINCE DE BEAUMONT.

Tome Troisième.

NOUVELLE ÉDITION.

PARIS,

Chez { SAINTMICHEL et BEAUCÉ, Libraires, rue des Fossés-St.-Germain des-Prés, n°. 14; BRUNOT-LABBE, Libraire de l'Université Impériale, quai des Augustins, n°. 33.

1811.

LES AMÉRICAINES,

OU

LA PREUVE

DE LA RELIGION CHRÉTIENNE

PAR LES LUMIÈRES NATURELLES.

TROISIÈME PARTIE.

PREMIÈRE JOURNÉE.

LADY LOUISE.

DEPUIS que nous nous sommes quittées, ma Bonne, il m'est tombé entre les mains un ouvrage relatif à notre dernière conversation : il est du petit-fils de Racine. Il m'a convaincue que les opérations qui nous surprennent dans les bêtes, et qui nous séduisent jusqu'à nous engager à leur attribuer une ame, ont une cause connue. Cependant je ne puis vous rendre parfaitement ce que je comprends à cet égard, pourriez-vous le mettre au clair, si vous l'avez là?

MADEM. BONNE.

Oui, Madame; je l'ai lu, et je ne sais comment j'ai oublié de vous en parler la dernière fois. L'auteur nous fait remarquer qu'il y a en nous des mouvemens volontaires et que nous faisons par quelques motifs, et d'autres qui ne le sont pas.

MISS SOPHIE.

Comment, ma Bonne, je ne serois pas maîtresse de tous mes mouvemens? Je ressemblerois à ma montre qui marque l'heure sans le vouloir, et même sans le savoir? je serois une véritable machine comme elle?

MADEM. BONNE.

Etes-vous maîtresse de remuer ou non vos yeux quand on fait un mouvement fort proche d'eux, de ne pas lever les bras pour parer un coup qu'on veut vous porter, et de faire plusieurs autres mouvemens qui tendent à la conservation de votre corps?

MISS SOPHIE.

Je n'y avois jamais fait attention : à

présent que j'y réfléchis, je trouve que vous avez raison. Je tombai l'autre jour, et je me mis la main tout en sang, car c'étoit dans des épines qui m'auroient déchiré le visage. Cependant je ne fis pas cette réflexion en tombant ; j'avois une peur générale sans savoir pour quelle partie de mon corps je devois trembler : je ne sais comment cela se fit; ce qu'il y a de sûr, c'est que ma main eut plus d'esprit que moi, et vint se camper devant mon visage pour le garantir aussi bien que mes yeux.

MADEM. BONNE.

Il est en nous mille de ces mouvemens qui nous garantissent de plusieurs accidens que nous n'aurions pu éviter s'il eût fallu que notre raison eût été chargée de les prévenir. Pour connoître la cause de ces mouvemens salutaires, il faut que vous sachiez, Mesdames, que nous sommes pourvues de plusieurs paires de nerfs, dont un certain nombre agissent par les ordres de notre ame, et les autres par une impulsion qui leur a été imprimée par le Créateur, qui les a, pour ainsi dire, mis en sentinelle pour la conservation de l'individu dont ils font partie, ou, pour parler plus juste, qui les a tellement construits, arrangés, qu'ils se meuvent nécessairement en certaines occasions. Depuis notre dépravation, ces mouvemens ne sont pas toujours salutaires; mais nous avons la raison, qui peut en arrêter les effets aussitôt qu'ils sont sensibles. Je marche dans la rue une épée à la main : on me prend au collet, un mouvement machinal me fait frapper ce qui m'arrête avec cette épée que je tiens. Cette action est tellement involontaire, que la justice des hommes ne la punit pas. Au contraire, si celui qui m'a pris au collet m'échappe, et que je le poursuive, cela n'est plus mis au rang du premier mouvement, du mouvement machinal; la volonté y a eu part; c'est elle qui fait mouvoir mes jambes, et je suis criminelle à proportion du temps que j'ai eu à réfléchir. Supposons que nous n'eussions que ces deux sortes de nerfs, et que nous fussions privées d'une ame; que notre vie consistât dans l'arrangement de diverses parties de notre corps: nous ferions nécessairement tous ces mouvemens involontaires tendans à la conservation de la machine. Le picottement de l'estomac nous porteroit à prendre de la nourriture, comme nous voyons que l'enfant qui vient de naître en cherche. Or, M. Racine suppose, avec quelque raison, que les animaux n'ont que des nerfs de cette espèce; peut-être même sont-ils beaucoup plus parfaits que chez nous, et qu'ils suffisent pour leur faire opérer les choses que nous regardons comme l'effet du raisonnement?

MISS CHAMPÊTRE.

Cela me paroît raisonnable. Vous m'avertissez que vous allez faire un geste vif de la main devant mes yeux, et que vous n'avez pas dessein d'offenser ma prunelle : conséquemment je devrois tenir l'œil ouvert, et cependant le mouvement de ma paupière se fait malgré ma raison, qui me dit que je n'ai rien à craindre pour ma vie. Vous voyez que ce mouvement est forcé, c'est-à-dire machinal.

LADY VIOLENTE.

Je vous accorde, ma Bonne, que tous les mouvemens des animaux se font ainsi, sans qu'il soit besoin de leur accorder la faculté de penser, puisqu'il n'est pas nécessaire de réfléchir pour se mouvoir ainsi. Mais ne pourroit-on pas appliquer ce même raisonnement aux hommes, et faire de ces nerfs indociles la clef de toutes leurs opérations, sans leur supposer une ame?

MADEM. BONNE.

Oui, s'il n'étoit pas prouvé qu'ils ont des mouvemens dont ils sont les maîtres. L'enfant qui vient de naître, comme l'animal, sont forcés de chercher à manger, parce qu'un tiraillement de certains nerfs y pousse: aussitôt que ce tiraillement cesse, ces deux êtres cessent de prendre de la nourriture. La même chose arrive-t-elle chez le gourmand? Non, il mange non-seulement après que ce tiraillement est passé, mais encore un mets à son goût lui fera braver le hocquet, les nausées et les autres signes d'une réplétion trop abondante. Qui produit cette différence humiliante entre l'animal, l'enfant et l'homme? C'est la volonté qui se trouve dans le dernier, et qui manque aux autres; un faux raisonnement de la sensualité, qui lui cache la bassesse de son action et qui l'étourdit sur ses suites. Pesez bien cette différence, Mesdames, et vous conviendrez qu'il y a dans l'homme un principe moteur d'une autre nature que dans les animaux, puisqu'il produit des effets contraires.

Miss BELOTTE.

Je conçois ceci beaucoup mieux que la dernière leçon, et vous me rendez un grand service. J'aime les animaux, et dans ma première enfance on ne pouvoit me résoudre à manger de la viande, par l'horreur que me causoit la pensée qu'on avoit tué ces pauvres animaux pour moi. Il fallut me persuader qu'on ne mangeoit que les bêtes qui mouroient naturellement. L'habitude m'a ôté cette répugnance, qui pourtant me reprend quelquefois, sur-tout pour les agneaux et les poulets. A l'avenir j'en mangerai plus librement.

MADEM. BONNE.

Votre répugnance devroit être celle de toutes les personnes qui ont un bon cœur. Quoi! je serois persuadée que cet innocent agneau pense et sent; que sa félicité est bornée à la courte durée de son être, et j'aurois la cruauté de l'en priver pour me procurer un plaisir barbare en le dévorant! Plaisir d'autant plus cruel, que la viande n'est point nécessaire à ma conservation; car on peut très-bien vivre de végétaux. Non-seulement je causerois une douleur sensible à ces pauvres créatures, en leur ôtant leur être, mais j'empoisonnerois tout le bonheur dont ils pourroient jouir dans le temps de leur courte existence; car enfin la brebis voit égorger son agneau: celui qu'on doit égorger demain a été témoin aujourd'hui du supplice de son malheureux compagnon. Quel effet cela doit-il produire sur eux!

LADY MÉRY.

Ils doivent être à-peu-près dans la situation où Homère nous représente Ulysse et ses compagnons, dans la caverne du Cyclope. Monsieur Belesprit nous a dit, pour justifier la bonté de Dieu, que peut-être la somme des biens et des plaisirs, dans les animaux, égaloit ou surpassoit la somme des maux qu'ils éprouvent. Là, Monsieur, parlons sincèrement. Si nous étions destinés à peupler la basse-cour d'un antropophage pour servir à ses repas, que chaque jour nous vissions enlever quelques-uns de nos compagnons de misère, et que chaque fois que nous verrions entrer le cuisinier de ce monstre nous eussions à trembler pour nous-mêmes, aurions-nous le courage de prendre un moment de repos, de goûter les plaisirs qui seroient à notre usage? N'aurions-nous pas sans cesse présente l'idée de notre cruelle destination? Si à cette première peine il s'y en joignoit une autre, l'idée d'un anéantissement total sans espoir de dédommagement dans une autre vie, de ce que nous aurions eu à souffrir dans celle-ci, quels seroient nos sentimens pour le Créateur, qui nous auroit créés uniquement pour servir à la cuisine de ce monstre? Pourrions-nous aimer ce Créateur?

LADY VIOLENTE.

Pourquoi non? On aime tous les jours une belle personne, quoiqu'elle ne nous ait fait aucun bien. N'arrive-t-il pas qu'un amant, maltraité par elle, continue de l'aimer malgré lui? Nous ne pouvons nous empêcher d'aimer ce qui est aimable. Les rigueurs du Créateur à notre égard n'empêcheroient pas qu'il ne fût la souveraine beauté : nous l'aimerions malgré nous, parce qu'il seroit beau. Monsieur de Cambrai et plusieurs Saints n'ont-ils pas dit qu'ils aimeroient Dieu, quand même il les auroit créés pour aller en enfer glorifier sa justice? Cela seroit bien plus dur que d'être créés pour être mangés.

MISS DOROTHÉE.

Si des Saints ont parlé ainsi, permettez-moi de vous le dire, c'est qu'ils étoient dans une sorte de délire que produit un violent amour. Un amant dit souvent à sa maîtresse qu'il seroit prêt à mourir pour elle ; que le feu, l'eau, les élémens, tous les hommes ne pourroient le séparer d'elle : il le pense quand il le dit, ce qui n'empêche pas que ce ne soit un mensonge ; mais cette fausseté est une preuve de leur amour. C'est comme lorsque Moïse consentoit à voir effacer son nom du livre de vie, pourvu que Dieu pardonnât aux Israélites : cette prière eût été impie, si l'enthousiasme de la charité n'eût pas empêché ce saint homme de réfléchir sur ce qu'il proposoit. D'ailleurs, nous ne pouvons faire de comparaison entre la beauté des créatures et celle du Créateur. Une belle personne ne perdroit rien de ses charmes extérieurs pour avoir des défauts essentiels dans l'esprit ou dans le cœur : ce qui constitue sa beauté, c'est l'arrangement de ses traits ; si on lui crevoit un œil, qu'on lui brûlât le visage, elle cesseroit d'être parfaitement belle. Or, ce qui constitue la beauté de Dieu, c'est l'assemblage de toutes les perfections : si vous lui supposiez la moindre négation de bonté, de justice, ce seroit l'œil crevé de la belle personne. Conséquemment, il cesseroit d'avoir cette beauté qui entraîne nécessairement l'amour.

MADEM. BONNE.

Lady Violente nous a exposé, sans y penser, l'erreur des Quiétistes, qui, abusant des paroles prononcées par les Saints dans des transports d'amour pour Dieu, vouloient nous conduire à l'indifférence du salut, sous prétexte de ne chercher que la gloire de Dieu indifféremment de tout intérêt propre. Dieu nous a créés avec un penchant invincible à aimer ce qui est bon à notre égard, et avec un penchant qui n'a pas moins de force à haïr tout ce qui est méchant par rapport à nous, quand il seroit bon pour tout le reste des hommes. Ce penchant nous empêcheroit de l'aimer s'il nous avoit créés pour l'enfer ; et comme il l'a mis en nous, il ne pourroit nous en faire un crime : il ne pourroit pas non plus exiger notre amour, faits tels qu'il nous a créés, s'il nous avoit mis dans la situation supposée par lady Méry. Or, cette situation qui n'est pas la nôtre, est celle des animaux si on les suppose raisonnables. Ces créatures posées dans une situation si terrible, que j'ai vu toutes ces dames en frémir ; ces créatures, dis-je, sont dans l'impossibilité d'aimer raisonnablement leur Créateur, qui assurément ne peut leur paroître aimable. Cette pensée fait horreur.

BELESPRIT.

Je vous l'avoue. Si je conservois mon ancienne façon de penser, je ne pourrois de ma vie manger d'aucun animal. Je me rends donc. Que les bêtes soient tout ce que nous ignorons, qu'importe? Toujours est-il sûr qu'elles ne pensent point. Je conviens, j'accorde que le systême opposé ne peut être adopté par un homme persuadé qu'il y a un Dieu, quoiqu'il lui soit présenté et comme prouvé par les sens. A plus forte raison doit-il être rejeté par un chrétien. J'ajoute et par un honnête homme. Le systême de l'ame des bêtes tend à nous faire douter de l'immortalité de la nôtre, et y conduira toujours un bon logicien: il renverse donc toute morale, toute religion. Enfin, j'accorde qu'il est contraire à l'humanité, et que tous ceux qui s'obstineront à donner du sentiment aux bêtes, sont des monstres de cruauté, si, à l'exemple de Pythagore, ils ne renoncent pas absolument à se nourrir de leur chair et à vivre de végétaux plutôt que d'être les bourreaux de créatures pensantes.

MADEM. BONNE.

Vous avez renfermé en peu de mots, Monsieur, tout ce que nous avons dit à cet égard. Passons à un autre sujet. Nous devons parler aujourd'hui de la publication de la loi de Dieu, examiner la façon dont elle a été donnée. Nous continuerons ensuite de nous convaincre de la vérité de la mission de Moïse par ses actions, et nous examinerons si nous pouvons raisonnablement le regarder comme un ambitieux; car, je le répète, nous n'avons d'autres moyens de juger du caractère d'un homme que par ses actes. C'est la vraie pierre de touche, ce seroit une témérité d'en juger autrement.

Ce fut un an après la sortie d'Egypte, que Dieu donna la loi à Moïse sur le mont Sinaï. Cette montagne fut vue de tout le peuple, environnée d'une fumée épaisse; il en sortit du feu et des éclairs: on y entendit le bruit des trompettes et les éclats du tonnerre. Ce ne fut pas seulement une fois que Dieu apparut dans cet appareil terrible; Moïse retourna plusieurs fois sur la montagne; et une fois, entr'autres, il y resta quarante jours et quarante nuits. On s'accoutume à tout. Les Israélites, qui d'abord avoient été effrayés à la vue des phénomènes qui s'offroient à leurs yeux, s'y habituèrent bientôt; et à la vue de la majesté de Dieu, pour ainsi dire, ils demandèrent des dieux étrangers à Aaron, qui eut la lâcheté de leur fondre un veau d'or qu'ils adorèrent.

BELESPRIT.

Voilà où l'histoire de Moïse me devient extrêmement suspecte. Ou le spectacle n'étoit pas aussi terrible qu'on le publie, ou ce fait de l'idolâtrie des Juifs n'a point de vraisemblance. Nous fera-t-on croire que nous fussions capables de tomber dans un pareil excès, dans un temps où nous verrions une de nos montagnes environnée de prodiges propres à porter la terreur dans l'ame des plus déterminés? Non, nous serions tremblans, abattus : les scélérats même renonceroient pendant la durée de ces prodiges à leurs pratiques criminelles : le contraire répugne à la nature de l'homme, qui a horreur de sa destruction ; le plus intrépide tremble dans des circonstances beaucoup moins effrayantes.

MADEM. BONNE.

Je vois, à l'air d'applaudissement qui paroît sur votre visage, que vous vous félicitez de votre objection. Le crime se commet difficilement, dites-vous, à la vue d'un châtiment présent et qui frappe les sens. Malheureusement pour vous, des expériences passées sous nos yeux, pour ainsi dire, nous forcent de convenir du contraire. Au milieu des morts et des mourans, dans un temps où l'on respiroit le trépas, pour ainsi dire, et où l'on voyoit tomber les hommes comme les feuilles des arbres, dans le temps de la peste de Marseille en un mot, n'a-t-on pas vu commettre des crimes qui révoltent? Lady Violente, rapportez-nous ce que nous racontoit l'autre jour cette dame de Marseille qui prit le thé avec nous.

LADY VIOLENTE.

Cette dame, qui avoit eu la peste, voulut, dans le temps de sa convalescence, aller au moins à la porte d'une église pour y remercier Dieu. Elle se leva à quatre heures du matin, et en passant dans une rue écartée que la peste avoit rendue déserte, elle entendit chanter. Surprise au dernier point, elle trouva à l'extrémité de cette rue quatre galériens, du nombre de ceux qui étoient chargés d'ensevelir les morts, qui, tenant le cadavre d'une femme, le faisoient danser. Que dire des vols, des assassinats qui ont été commis alors dans cette ville frappée du plus terrible de tous les fléaux? Le récit de ce qu'elle nous en dit nous fit dresser les cheveux à la tête.

MADEM. BONNE.

Sans remonter si loin, nous pouvons nous rappeler ce qui s'est passé, il y a bien moins de temps, à Lisbonne. Je sais de la bouche de plusieurs Anglais qui y étoient présens, que le spectacle de cette ville, abîmée tout-à-coup, leur fit croire qu'ils étoient arrivés au jour où la machine du monde devoit se dissoudre. Le ciel qui étoit serein, fut obscurci tout-à-coup par une nuée de poussière qui s'élevoit des maisons détruites. On voyoit à ses côtés des hommes ensevelis sous des ruines : ceux qui fuyoient pour trouver un asile, voyoient écraser proche d'eux ceux qui couroient dans le même dessein. Les secousses du tremblement, qui se succédoient avec rapidité, ne finissoient pas si absolument qu'on n'éprouvât dans leurs intervalles des frémissemens sous les pieds, qui faisoient craindre que la terre ne s'ens'ouvrît à tout moment. D'un autre côté le Tage sortant de son lit, sembloit vouloir entraîner les malheureux restes de ceux qui avoient échappé au premier péril. Ce fut dans ces momens affreux qu'on trouva des hommes assez impies, pour braver, pour ainsi dire, la puissance et la colère du Tout-Puissant en accumulant leurs crimes sous ses yeux : ils mettoient le feu à plusieurs endroits, passoient sous des voûtes ébranlées que le moindre choc pouvoit abîmer, pour aller piller et s'enrichir. Faut-il s'étonner après cela de ce qui arriva aux Israélites? Que diriez vous, Monsieur, si on vouloit vous faire accroire que ce qui se passoit à Marseille et à Lisbonne n'avoit rien d'effrayant, puisqu'on y a commis des crimes atroces, ce qui vraisemblablement ne seroit pas arrivé sous les yeux d'un Dieu qui auroit eu actuellement la vengeance en main?

LADY LOUISE.

Il faut avouer qu'Aaron étoit un grand lâche : au lieu d'exhorter les Israélites à demeurer fidèles à Dieu, au lieu de leur représenter l'horrible crime qu'ils alloient commettre, et de leur dire qu'il étoit déterminé à souffrir mille morts plutôt que de le partager, il se rend le ministre de leur impiété et leur fait fabriquer une idole.

MADEM. BONNE.

Je suis de votre avis, Madame. Après cette lâcheté, si Moïse avoit agi par ses propres lumières, il se seroit bien donné de garde d'associer à son autorité un homme plus capable de faire échouer ses desseins, que de les faire réussir.

BELESPRIT.

Il avoit tout à craindre de son frère qui étoit son complice, et qui n'eût pas manqué de dévoiler sa fourberie aux Israélites, s'il eût voulu le punir comme le méritoit sa lâcheté. Sa modération fut l'effet de sa frayeur.

MISS DOROTHÉE.

Pauvre raisonnement, Monsieur! Moïse avoit un moyen bien sûr de s'affranchir de toute crainte à cet égard; il pouvoit faire périr son lâche frère, et même s'en faire un mérite auprès des Israélites, auxquels il eût fait accroire que c'étoit par zèle pour la gloire de Dieu qu'il sacrifioit ce frère chéri.

BELESPRIT.

Vous poussez les choses trop loin, Mademoiselle, ce fratricide n'étoit point dans le caractère de Moïse : on ne voit point qu'il fût féroce ; au contraire, les loïs qu'il donna au peuple comme de la part de Dieu, ne respirent que l'humanité et indiquent un cœur tendre.

MADEM. BONNE.

Vous oubliez, Monsieur, qu'une passion dominante parvient à dépraver le caractère le plus doux : l'histoire nous en fournit mille exemples ; mais vous trouvez des exceptions aux règles générales, quand il s'agit de servir l'incrédulité : vous ne nous les passeriez pas sans de bonnes preuves, et vous auriez raison. Selon vous, Moïse étoit, comme l'on dit à Londres, une bonne nature d'homme, qui mentoit, à la vérité, avec une grande intrépidité, sans que cela tirât à conséquence pour son caractère ; c'étoit par charité pour ses compatriotes.

MISS DOROTHÉE.

Voilà un singulier contraste dans le caractère de Moïse ! Il sue sang et eau pour faire réussir le dessein charitable qu'il a formé de rendre les Israélites honnêtes gens : son frère par sa lâcheté détruit presque son ouvrage, et Moïse est si bon, si tendre, qu'il n'a pas le courage de s'ôter par un fratricide un homme dont il a tout à craindre et rien à espérer. C'est un agneau pour la douceur; et puis, dans le moment, cet homme si doux commande aux enfans de Lévi de massacrer tout ce qu'ils trouveront sous leurs mains en traversant le camp. Quelle douceur! Son frère pouvoit fort bien attraper un coup d'épée aussi bien que ses confidens ; car il devoit en avoir un grand nombre. Ces hommes là ne devoient pas trop se fier à la débonaireté d'un tel homme qui en fait massacrer plusieurs milliers.

BELESPRIT.

Je ne vois pas pourquoi vous lui supposez un si grand nombre de complices; la politique lui défendoit de les multiplier.

MADEM. BONNE.

Ou cette nuée, ces feux, ces tonnerres, qui pendant quarante jours environnèrent la montagne, étoient envoyés du Tout-Puissant pour marquer sa présence, ou ces soi-disant phénomènes étoient produits par l'artifice de Moïse, qui, à l'aide de quelque composition, opéroit ces choses qui paroissoient si extraordinaires ; c'est-à-dire qu'il étoit un très-habile machiniste : mais il faut lui accorder un grand nombre de manœuvres pour faire mouvoir ces machines, dont l'effet devoit subsister pendant quarante jours. Prenez le parti qui vous conviendra le mieux dans cette alternative ; vous ne pouvez le faire sans tomber dans des inconvéniens qui vous arrêteront toujours. Et que direz-vous du châtiment des trois familles de Coré, Dathan et Abiron ?

BELESPRIT.

Si je vous dis, comme bien d'autres, que Moïse avoit préparé cette horrible tragédie, vous me trouverez encore des répliques que j'entrevois.

MADEM. BONNE.

Assurément, Monsieur, d'autant plus que ce châtiment est accompagné de circonstances qu'il est important de peser avec attention.

Premièrement, il faut remarquer que les rebelles s'étant récriés sur le ministère d'Aaron, et le lui ayant disputé, Moïse ne remit qu'au lendemain la décision de cette affaire.

Secondement, qu'il ne changea point la place du camp, et laissa les tentes où elles étoient auparavant. Le peu d'intervalle qui se trouve entre la faute et le châtiment ne lui permit pas de préparer sous la terre un goufre assez vaste pour ensevelir trois familles. D'ailleurs, la terre une fois ouverte, comment eût-il pu la refermer sur-le-champ? et s'il ne l'avoit pas fait, n'est-il pas probable que quelqu'un se seroit approché de cet abîme pour essayer de donner du secours à ces malheureux, dont les cris devoient exciter la pitié?

BÉLESPRIT.

Oh! pour le coup, Mademoiselle, vous n'y pensez pas! Moïse avoit eu l'art de persuader à ces pauvres idiots que ces trois familles venoient d'être frappées de la main de Dieu même; la terreur s'étoit emparée de tous les esprits, et nul n'eût osé douter de ce qu'il venoit de dire.

MADEM. BONNE.

Les Israélites étoient plus de six cents mille hommes capables de porter les armes ; n'y avoit-il point dans ce grand nombre un seul esprit fort, qui prît la liberté de douter des paroles de Moïse ; un seul qui se fût aperçu des préparatifs de cet acte sanglant ? Car enfin, comment peut-on supposer que ces fosses, qui devoient être très-profondes, eussent été creusées à l'insu de ce grand nombre de témoins oisifs, et qui n'étoient distraits par rien ? Cela n'est pas aisé à concevoir.

MISS DOROTHÉE.

Il est si peu vrai que tous les Israélites fussent atterrés par le terrible châtiment de ces rebelles, que cinquante des partisans de ces trois chefs de la révolte y persistèrent et furent dévorés par le feu ; fait que Moïse par ordre de Dieu éternisa, en prenant les encensoirs de ces rebelles pour en faire des plaques qui furent appliquées sur l'autel. Ce second châtiment n'empêcha point le reste du peuple de murmurer contre Moïse et Aaron, auxquels on attribuoit la mort de ces hommes ; ces murmures coûtèrent la vie à quatorze mille sept cents Israélites qui périrent de mort subite : comment expliquerez-vous la mort de ces derniers ? Les regards de Moïse les faisoient-ils périr ?

MADEM. BONNE.

Que d'autres prodiges nous aurions à vous proposer, Monsieur ! Direz-vous que c'étoit par un talisman qu'on étoit guéri de la morsure des serpens aussitôt qu'on jetoit les yeux sur le serpent d'airain ? Ne seroit-ce pas assujettir le Tout-Puissant aux élémens ou aux caprices des hommes ? Car il n'y auroit pas moyen d'attribuer ces guérisons à des causes physiques. Que direz-vous de cette lèpre dont Marie, sœur de Moïse, fut frappée au moment qu'elle eut osé insulter Séphora sa belle-sœur ? Je ne finirois pas, si je voulois détailler un grand nombre d'autres prodiges : ce que j'en ai dit suffira pour convaincre les personnes raisonnables, et ne feroit rien sur les extravagans, qui ne raisonnent point.

BELESPRIT.

Vous nous avez promis de nous prouver que Moïse n'avoit rien du caractère de l'ambitieux ; je ne vous tiens pas quitte de votre parole.

MADEM. BONNE.

Et ne l'avons-nous pas déjà fait ? Un ambitieux a pour idole la réputation, l'autorité, l'établissement de sa famille et de ses enfans. Rappelez-vous ce que nous avons déjà dit sur le témoignage que Moïse se rend à lui-même. Il avoue nettement qu'il fut effrayé de la grandeur de l'entreprise qui lui étoit proposée, et qu'il s'en excusa long-temps ; son bégaiement lui tenoit au cœur, et il en parle sans cesse. Ce n'est pas là le langage de l'ambitieux, qui étourdit tout le monde de son courage, et qui veut qu'on le regarde comme étant inaccessible à la crainte. Jéthro, son beau-père, lui dit en face qu'il manque de prudence, il en convient et se rend à son avis. Ce conducteur des Juifs avoit deux fils, il ne fait pas la moindre démarche pour leur assurer une partie de son autorité.

BELESPRIT.

Je vous ai déjà répondu que Moïse aimoit encore plus son ouvrage que ses fils, dont l'incapacité étoit apparemment si décidée, qu'il comprit qu'ils ne pouvoient en aucune sorte conduire ce grand ouvrage à sa perfection.

Miss DOROTHÉE.

Moïse aime tellement son œuvre, qu'il lui sacrifie la fortune de ses fils; Moïse aime si peu son œuvre, qu'il s'expose à la ruiner en mettant le sacerdoce dans la personne de son lâche frère. Voilà deux opinions sorties de votre bouche, choisissez, car elles ne peuvent être vraies toutes les deux. D'ailleurs, nous vous avons fait remarquer qu'ils étoient capables de devenir riches, et il les laissa dans le même état que les autres Israélites. Convenez donc, Monsieur, que Moïse étoit un homme fait au rebours de tous les hommes, si vous ne voulez pas admettre qu'il agissoit par un ordre immédiat de Dieu: je vais vous en donner d'autres preuves. Quel devoit être le plus vif de ses désirs?

BELESPRIT.

Celui de consommer son ouvrage. Tout homme qui sacrifie tout pour parvenir à faire une entreprise conforme à son goût, n'a pas un plus grand désir que celui d'en voir la fin.

MISS DOROTHÉE.

Ne vous l'avois-je pas dit qu'il étoit au rebours de tous les hommes? Il avoit, à la vérité, la manie de commencer de grandes entreprises, et il manqua, je ne dis pas des moyens de les mettre à fin, mais de la volonté, et il céda toute la gloire de son entreprise à Josué qui n'étoit point son parent.

BELESPRIT.

Il le fallut bien, puisqu'il mourut : sa modération à cet égard fut forcée.

MADEM. BONNE.

Vous n'avez pas fait attention au texte de son histoire, Monsieur. Ce fut tout aussitôt après le retour de ses espions que Moïse abandonna, ou plutôt suspendit son entreprise ; et au lieu d'avancer vers cette terre, l'objet et le prix de tant de travaux, il obligea les Israélites à retourner sur leurs pas, au moment qu'ils touchoient au terme.

BELESPRIT.

Si j'osois, je dirois à mademoiselle

Bonne qu'elle n'est pas de bonne foi. Elle suppose que ce fut Moïse qui empêcha les Israélites d'avancer vers la terre promise; et, tout au contraire, ce fut eux qui refusèrent de le suivre, parce que le récit des espions qu'il avoit envoyés dans ce pays les découragea. Leur chef, présumant qu'il ne seroit point obéi s'il vouloit les forcer à combattre, fit de nécessité vertu, en habile politique; et pour ne pas commettre son autorité, il prévint leurs désirs, ou plutôt il s'y rendit.

LADY VIOLENTE.

Si j'osois, à mon tour, je dirois poliment à M. Belesprit qu'il n'a étudié que très-superficiellement l'Histoire Sainte, sans quoi il n'auroit pas accusé ma Bonne de mauvaise foi. Vous confondez les temps, Monsieur.

MADEM. BONNE.

Le fait est tout autre que vous ne vous le rappelez, Monsieur; mais en le supposant même tel que vous le dites, Moïse eût pris quelques jours pour laisser au temps le soin d'évaporer leurs terreurs, comme il le fit en effet,

Moïse, auquel vous accordez une si grande habileté, auroit prévu le repentir du peuple, et se seroit tenu tout prêt pour en profiter. Voilà ce qu'auroit fait un Pyrrhus, un Alexandre, un César, et ce qu'ils ont fait plusieurs fois. La conduite de Moïse ne devoit avoir rien de semblable: il ne se conduit pas lui-même, il est conduit, et comment? miss Dorothée vous l'a dit, tout au rebours des autres hommes, et d'une manière contraire à ses propres inclinations. Pour le bien entendre, Monsieur, il faut vous rapporter ce qui se passa alors, et que vous avez oublié. Dites-le, lady Violente.

LADY VIOLENTE.

Aussitôt après le murmure des Israélites, Moïse les assembla, et leur dit: Vous avez douté de la parole et de la puissance du Seigneur; vous avez dédaigné la terre qu'il vous a promise; eh bien, vous ne la verrez jamais. Vous êtes plus de six cent mille qui avez vu les prodiges que Dieu a faits jusqu'à ce jour en votre faveur, cependant vous n'en avez pas profité pour prendre en lui une aveugle confiance; il vous en punira. Vous laisserez vos cadavres dans ce désert, et ce grand ouvrage sera exécuté par vos enfans : moi-même qui me suis rendu coupable envers le Seigneur à cause de vous, moi-même, dis-je, je terminerai ma vie dans ces déserts, et je ne verrai que de loin cette terre que je suis venu chercher avec tant de travaux, et dont je vous aurois mis en possession si vous aviez été plus fidèles.

BELESPRIT.

Je n'avois point oublié ce trait, Mademoiselle, et il ne m'empêche point de croire que Moïse fit sagement de cacher son impuissance sous ce beau prétexte. Mais, dans le fond, il est naturel de penser qu'il frémissoit de colère à la vue de la lâcheté des Israélites, et qu'il eût voulu, à quelque prix que ce fût, être assez puissant pour les contraindre à fournir la carrière qu'ils avoient commencée.

LADY VIOLENTE.

Vous chantez victoire avant le temps, Monsieur. Ne vous ai-je pas dit que vous confondiez deux circonstances différentes, que vous n'avez pas lues, ou que vous avez oubliées. Voyons ce qui se passa ensuite, et qui est bien propre à prouver que Moïse suivoit une impulsion étrangère à ses propres lumières. Les Israélites rougirent bientôt de leur pusillanimité, et résolurent de réparer la faute qu'ils avoient faite. Ils demandèrent, avec les plus vives instances, qu'on les conduisît vers ces peuples qui leur avoient paru si redoutables. Je répète que si Moïse avoit été un homme ordinaire il eût profité de cette ardeur, et humainement parlant, elle devoit lui faire un grand plaisir. Point du tout ; il sait que tous les efforts des hommes sont inutiles pour annuller une sentence portée par l'Immuable ; il n'oublie rien pour ralentir le courage de ceux qu'il excitoit quelques jours auparavant, il les assure positivement que leur dessein ne peut réussir jusqu'à ce que tous ceux qui passoient vingt ans fussent morts, il en excepta deux hommes, Josué et Caleb : ces deux hommes survécurent effectivement à cette multitude. Les Juifs rebelles, et qui avoient la tête dure, comme Moïse le leur reprochoit si souvent, les Juifs, dis-je, veulent éluder cet oracle ; ils prennent les armes. Moïse leur prédit qu'ils seront battus, et ils le sont en effet.

MISS DOROTHÉE.

Tenez, Monsieur, ce seul trait me prouveroit que Moïse étoit inspiré. Un politique ambitieux se seroit bien gardé de leur faire une telle prédiction, qui pouvoit abattre leur courage. Ce combat étoit le coup décisif; une fois battus, les Israélites n'avoient garde de s'exposer à un second combat. La prédiction qu'il leur fait est donc une preuve de sa sincérité, et de l'assurance où il étoit que Dieu lui avoit parlé. Après cela, il arrange tout pour ce projet qui ne le regarde plus; il voit approcher avec tranquillité le moment qui va le réunir à ses pères. Telle est l'occupation de ses derniers jours.

LADY LOUISE.

J'ai relu hier au soir les derniers livres de Moïse, et j'avoue que je les ai lus à dessein de vous faire des objections. Cependant je puis vous assurer en conscience, que la conduite de ce grand prophète m'a paru telle dans ces derniers temps de la vie où il n'y a plus rien à dissimuler, qu'elle me paroît un sûr témoignage de la divinité de sa mission.

LADY CHAMPÊTRE.

Il me vient une petite difficulté, Madame : il me semble que vous lisez la Sainte-Ecriture à dessein d'en douter s'il étoit possible. Ne péchez-vous pas en cela contre la foi ? Nous devons croire fermement, sans aucun doute et dans le temps même que nous faisons l'examen qui nous rassemble, être parfaitement convaincues que la chose que nous examinons est certaine et hors de tout soupçon.

LADY LOUISE.

Je vous prie de m'excuser, ma chère ; mais ce que vous me dites me paroît un vrai galimatias. Qu'ai-je besoin d'examen, si je dois croire aveuglément ? On diroit qu'il est question de l'alcoran qui doit être cru les yeux fermés, et qu'on ne peut examiner avec des yeux critiques, sans se rendre coupable. Trouveriez-vous bon, si j'étois née à Constantinople, qu'on me fît la leçon que vous venez de débiter ?

LADY CHAMPÊTRE.

Non, Madame, parce que là on vous enseigneroit l'erreur ; ici c'est la vérité qui doit être crue sans examen. On s'expose à la perdre en l'examinant.

LADY LOUISE.

Vous plaisantez, ma chère, et vous ne pouvez réellement avoir une telle pensée. Avez-vous oublié que notre entendement est fait pour la vérité, qu'elle le subjugue aussitôt qu'il l'aperçoit clairement. Vous dites qu'il est des vérités qui s'obscurcissent par l'examen, et moi je dis que c'est toujours parce que nous n'examinons point ou que nous examinons mal, qu'elle nous échappe.

MISS CHAMPÊTRE.

Je conçois qu'il est prudent d'examiner, qu'il est dangereux de le faire. J'ai là-dessus dans ma tête quelques conversations qui me troublent, peut-être... mais ce n'est pas le moment d'expliquer ma pensée ; continuez, je vous prie, cela viendra.

LADY VIOLENTE.

Je ne sais si je ne la devine point cette pensée. N'est-il pas vrai qu'il faut être neutre pour bien faire un examen, et qu'il est dangereux de se méprendre, quand on y porte ses préjugés et qu'on a un grand désir de trouver ce que l'on croyoit déjà ? Nous sommes convenues, au commencement de ces leçons, que nous n'avions jamais examiné les fondemens de notre foi, nous en avons pourtant une, ou, pour mieux dire, nous croyons sur la foi d'autrui, et cette foi nous a long-temps paru suffisante. Cette sorte de foi nous a paru douteuse ; nous avons voulu connoître par nous-mêmes, et voir si nous ne trouverions pas dans notre raison des motifs suffisans de croire : cette entreprise est bonne et louable ; cependant j'y trouve deux inconvéniens. Pour faire cet examen, il a fallu mettre de côté ce que nous croyions précédemment, et, comme je le disois, être neutre ; c'est-à-dire ne croire, ni affirmer, ni nier rien de ce que nous avons entendu dire. Si nous ne sommes pas dans cette disposition, nous sommes en danger d'être entraînées par le préjugé et l'inclination ; que si nous y sommes, il faut renoncer à être d'aucune religion en attendant. N'est-ce pas là ce qui vous effraye, ma chère lady ? Vous n'aimez pas à voir ainsi votre foi suspendue.

Miss DOROTHÉE.

Quel mal peut-il y avoir à suspendre sa foi pour un peu de temps, afin de pouvoir l'affermir si elle est fondée? Remarquez, Mesdames, que nous sommes convaincues de l'existence de Dieu; que cette vérité a entraîné celle de la nécessité d'un culte. Dieu ne peut pas être offensé des efforts que nous faisons pour découvrir celui qu'il nous a donné, pourvu que nous soyons dans la ferme résolution d'y adhérer aussitôt que nous l'aurons connu. Voilà ma disposition, j'y suis tranquille, je n'ai pas plus de penchant pour un culte que pour un autre: ce n'est pas à moi d'en choisir un, d'en forger un, ou d'adopter celui que les autres auroient forgé. Dieu assurément m'en a donné un auquel je suis soumise par avance, quoique je ne le connoisse pas. Voici mon acte de foi, car vous ne devez pas croire que je n'en aie point du tout. Mon Dieu, je crois fermement toutes les vérités que vous avez révélées quoique je ne les connoisse point encore. Je les crois; parce que vous les avez dites; je les crois comme vous les avez dites sans vouloir y rien retrancher, y rien ajouter. Donnez-moi vos lumières pour m'instruire, et votre grâce pour vivre selon ma foi.

Miss SOPHIE.

Voici la seconde fois que miss Dorothée nous expose sa façon de penser, et la seconde fois qu'elle me scandalise. Ne vous en fâchez pas, ma chère ; mais il est vrai que je ne puis ôter de ma pensée que vous n'êtes pas, comme nous, de l'église d'Angleterre, c'est-à-dire de l'anglicane.

Miss DOROTHÉE.

Si je n'avois jamais lu l'Evangile, et que je ne fusse pas convaincue de sa divinité, je vous dirois simplement que j'adhère à l'Eglise que Dieu a fondée. Je suis un peu plus avancée ; et comme je me suis prouvé jusqu'à la démonstration, que Jésus-Christ est Dieu, je ne puis admettre de doute sur cette vérité qui me paroît claire comme un et un sont deux. Je ne crois pas à la divinité de Jésus, parce qu'on me l'a dit, mais parce que l'examen le plus exact m'en a convaincue. Dès-là que j'ai cette foi, il faut nécessairement que je veuille être membre de l'Eglise que Jésus a fondée. Je souhaite que l'Eglise anglicane soit celle-là, je l'espère même; mais si je disois que je le crois, je serois nécessairement une menteuse ou une sotte.

Miss SOPHIE.

Je ne vous accuse ni de l'un ni de l'autre, mais au moins êtes-vous la plus singulière créature qu'il y ait au monde. On diroit, à vous entendre, que nous ne sommes pas toutes dans l'Eglise de Jésus-Christ. Qui resteroit dans une église que l'on ne regarderoit pas comme telle? On en sortiroit bien vîte.

Miss DOROTHÉE.

Aussi n'accusé-je personne de cette impiété. Passez-moi certains mots dont je vais me servir, ma chère; on ne peut dans la dispute se piquer d'une scrupuleuse politesse, et perdre le temps à peser les termes qu'on emploie; il en est qui sont durs et dont on est forcé de se servir : soyez sûre que je n'aurai point dessein de vous offenser.

Vous me dites que vous regardez l'Eglise anglicane comme celle de Jésus-Christ; il faut nécessairement de trois choses l'une : ou que vous ayez pris cette persuasion dans un examen exact, ou que vous mentiez en disant que vous le croyez, ou que vous soyez une sotte. Je ne vous accuse pas d'être la seconde de ces choses, c'est-à-dire une menteuse; votre réponse m'apprendra si je dois vous regarder comme une sotte. Avez-vous de bonnes raisons pour regarder l'Eglise anglicane comme l'Eglise de Jésus-Christ? Pourriez-vous me dire pourquoi vous la préférez à une aûtre, à la luthérienne, ou la presbytérienne, par exemple?

Miss SOPHIE.

Ces raisons, je ne les ai pas; mais mes parens et les ministres qui m'instruisent, les ont : je les en crois sur leur parole ; quel intérêt auroient-ils à me tromper?

Miss DOROTHÉE.

Vous dites que vos parens et les ministres qui vous instruisent ont de bonnes raisons pour regarder l'Eglise anglicane comme celle de Jésus-Christ. En ce cas, ils ont raison d'y être attachés, ils tiennent à la vérité ; mais vous qui ne les avez pas, vous avez tort de porter un jugement décisif.

Miss SOPHIE.

Vous m'impatientez, je vous assure : apparemment que vous aimeriez mieux que je crusse ma religion mauvaise, et que j'en changeasse ?

Miss DOROTHÉE.

Cela est bien loin de ma pensée, ma chère, je craindrois à présent de dire qu'une religion est meilleure que l'autre; car je ne l'ai point examinée, et par conséquent je n'en sais pas un mot : ces choses-là ne se devinent point, on les cherche et on les trouve ; car Jésus-Christ l'a promis, et en vérité la chose vaut bien la peine d'être examinée. Vous dites que vos parens et nos ministres n'ont aucune raison de vous tromper : ne confondons point, s'il vous plaît, ces personnes. Parlons des premières d'abord, nous verrons après cela ce que nous aurons à dire des secondes.

Puisque vous croyez que vos parens ont de bonnes raisons d'être anglicans, priez-les de vous les communiquer, et prenez la peine de les peser : après cela vous croirez en personne raisonnable. Quant à moi, je ne soupçonne pas ma mère d'être un grand docteur en cette matière : elle a pris sa foi toute faite chez sa grand'mère. Je sais, à n'en pouvoir douter, que ma grand'mère qui étoit toute bonne et toute simple, tenoit sa foi de la seconde main et la croyoit bonne parce que c'étoit celle de monsieur son père. Or, en conscience, cette espèce de foi ne peut me convenir; il m'en faut une qui vienne d'une conviction à laquelle je ne puisse me refuser. Pour ce qui est des ministres (et sous ce nom j'entends les prêtres de toutes les religions), pour les ministres, dis-je, ils me sont suspects, parce qu'ils sont parties et ne peuvent être juges ; et puis nous ne les tenons pas pour infaillibles. Je consens à écouter leurs raisons, ils doivent être plus éclairés que moi : ils sont les avocats, et Jésus-Christ seul sera mon juge. J'examinerai soigneusement ce qu'il m'a dit, je le confronterai avec ce que ces Messieurs me diront; et s'ils contredisent l'Evangile, vous sentez bien que je ne les croirai pas plus qu'elle.

Miss BELOTTE.

Je ne puis dire de ma grand'mère ce que vous avez dit de la vôtre, Miss Dorothée : celle-là n'avoit point pris sa religion toute faite chez ses parens, elle en avoit changé ; et comme c'étoit une femme de beaucoup d'esprit, je pense qu'elle l'a fait en connoissance de cause.

Miss DOROTHÉE.

J'ai eu l'honneur de la connoître, ma chère, et elle a eu la bonté de me dire les raisons de son changement. Elle étoit persuadée que pourvu qu'on crût en Dieu et en Jésus-Christ, cela étoit suffisant ; que tout le reste ne signifioit rien, et qu'ainsi le bon ordre exigeoit que l'on fût de la communion dominante dans le pays où l'on étoit né. Voilà ce qui occasionna son changement de religion.

Lady CHAMPÊTRE.

C'est-à-dire, qu'elle étoit déiste. Il me semble, ma chère Dorothée, que vous l'êtes aussi ; et c'est ce que je puis vous dire de plus doux : nombre de gens iroient plus loin que moi, et soutiendroient que vous n'êtes plus chrétienne. Vous renoncez à votre baptême : car enfin vos parrains et marraines ont promis pour vous que vous vous soumettriez à l'Eglise anglicane dans laquelle vous avez été baptisée.

Miss DOROTHÉE.

Si on a promis cette sottise pour moi, je m'en dédis, et ne me crois liée qu'à l'Eglise de Jésus-Christ; si c'est l'Eglise anglicane, à la bonne heure.

Miss SOPHIE.

En vérité, on ne peut pas tenir à ce discours : je vous avertis que vous me scandalisez extrêmement, moi et ces dames.

Miss DOROTHÉE.

Dites-moi, ma chère : si par hasard ma mère étoit accouchée de moi en France, et que j'eusse été baptisée dans une église et par un prêtre papiste, trouveriez-vous bon que je regardasse cette église comme celle de Jésus-Christ, et que je m'y crusse liée?

Miss SOPHIE.

Dieu m'en préserve, ma chère : vous

ne pourriez vous empêcher de voir que l'Eglise romaine est idolâtre ; que par conséquent elle n'est et ne peut pas être l'épouse de Jésus-Christ, l'Eglise qu'il a fondée. Cela saute aux yeux.

Miss DOROTHÉE.

Vous les avez donc bien perçans, ma chère, les miens ne voyent actuellement rien de cela ; et la raison en est simple : je n'en ai aucune preuve, faute d'examen, et ce seroit une grande témérité à moi de décider pour ou contre avant d'être instruite. Il est vrai que les ministres m'ont dit que l'Eglise romaine est idolâtre ; les catholiques le nient. Voilà donc un procès établi dont je suis juge-née, car cela me regarde immédiatement. Mais supposons que l'Eglise romaine soit idolâtre, et que j'y fusse née, j'y resterois en suivant votre principe, et je dirois : *Mes parens et les prêtres ont sans doute des raisons pour être de cette Eglise, ils n'ont point d'intérêt à me tromper.* Je vous rends vos paroles, ma chère, vous ne pouvez les récuser.

Miss BELOTTE.

Pour moi, je suis de l'avis de ma

grand'mère ; je vous laisserois aussi tranquillement dans cette communion que je le suis dans la mienne : nous sommes d'accord sur les points fondamentaux, le reste ne signifie pas grand' chose.

LADY VIOLENTE.

Mais si cela étoit vrai, Madame, il faudroit nous réunir ; qu'en pensez-vous, miss Dorothée ?

MISS DOROTHÉE.

Pouvez-vous demander mon avis sur une chose que je ne puis savoir certainement, puisque je ne l'ai point examinée ? Voyez-vous, Mesdames, vous ne me débusquerez pas de mon coin. Voulez-vous, miss Belotte, me faire croire que la foi qu'on a en commun, est suffisante pour le salut ? Prouvez-moi que Jésus l'a dit ; alors je serai de votre avis, non par une raison ou par une autre, mais seulement parce qu'il l'aura dit : jusques-là je n'en croirai rien. Je n'en disconviendrai pas non plus : que ferai-je donc ? je suspendrai mon jugement jusqu'à l'examen ; cela me paroît raisonnable.

BELESPRIT.

Et à moi aussi. Mademoiselle Bonne a abandonné le champ de bataille, elle se tient à l'écart, et garde le silence : c'est le lot des Papistes, qui font vœu de croire sans examen tout ce que disent le Pape et les Prêtres, et auxquels on défend de rien examiner : il ne leur est pas même permis de lire l'Ecriture, et je ne sais par quel hasard elle la sait si bien. Je m'étonne qu'on ne lui ait pas interdit cette lecture ; à coup sûr on lui imposeroit une rude pénitence si elle s'en confessoit : il faut, sur la foi de ses Prêtres, qu'elle nous croie damnés sans examiner si notre doctrine est bonne ou mauvaise. C'est un reproche que leur fait un très-habile ministre en répondant à un mauvais ouvrage qui a pour titre : *Préjugés légitimes contre les Protestans.*

MADEM. BONNE.

Il est temps, Monsieur, que je rompe le silence; je le gardois pour laisser à ces Dames la liberté de s'exprimer et n'être point accusée de chercher à faire pencher la balance : actuellement ce silence seroit scandaleux; on nous calomnie, je suis forcée de nous défendre.

Non, Monsieur, les Papistes, puisqu'il vous plaît de les appeler ainsi, ne font point vœu d'une obéissance stupide, ils peuvent tous les jours examiner, et examinent les fondemens de leur foi; s'ils se soumettent, c'est après s'être assurés que Dieu a parlé. Nous ne croyons pas que le Pape, ni aucun des membres de notre église, soient infaillibles en leur particulier; mais nous croyons que notre église l'est. Nous ne le croyons qu'en conséquence de l'examen. Non-seulement on nous le permet cet examen, on nous exhorte même à le faire, et nous avons, à ce qu'on m'a assuré, des ouvrages excellens sur cette matière.

MISS DOROTHÉE.

Est-ce que vous n'avez pas lu vous-même ces sortes de livres, ma Bonne?

MADEM. BONNE.

Non, ma chère. Ma méthode est de chercher à connoître la vérité par la voie que nous avons suivie; comme elle m'a suffisamment convaincue, je m'y suis bornée. Je continue à répondre à Monsieur. Loin de nous interdire la lecture de l'Ecriture-Sainte, on nous la lit, on nous recommande de la lire. Vous me contesterez ce que j'avance; car vous vous piquez de savoir mieux que nous-mêmes ce qu'on nous permet ou défend: je ne vous répondrai pas sur l'heure, parce qu'il faut suivre notre sujet, et achever de prouver la divinité de la révélation; mais cette réponse n'est que retardée, elle viendra à son temps, aussi bien que la réponse au ministre qui a écrit contre les préjugés légitimes, et dont il n'est nécessaire de lire que la préface: on y voit qu'il fait deux volumes pour combattre un fantôme qu'il s'est forgé, et détruire une opinion que nous n'avons pas. Il doit être question de Moïse à présent, et non des papistes, qui ne craignent pas d'être accusés de sottise par ceux qui les connoissent, et qui se moquent de ceux qui ne les connoissant pas, ou ne les connoissant que sur des ouï-dire, se mêlent de raisonner sur leur compte.

BELESPRIT.

Vous voilà bien sérieusement fâchée,

Mademoiselle : j'ai été trop sincère, je le vois.

MADEM. BONNE.

Deux faussetés en quatre mots : d'abord, je ne suis pas fâchée ; s'il falloit que je le fusse toutes les fois qu'on déraisonne, je le serois trop souvent. C'est avec le plus grand sang-froid du monde que j'ajoute que vous confondez les termes : être sincère, c'est dire une vérité qu'on sait et qu'on croit être obligé de faire connoître pour procurer un bien. Assurer comme vraie une chose dont on n'est pas sûr, c'est être téméraire. Dire, sans besoin, une vérité désagréable, c'est être imprudent, étourdi, peu charitable.

BELESPRIT.

Et vîte, reprenons notre ancien sujet, celui-ci ne m'est pas favorable : si nous devons y revenir un jour, que ce soit avec modération, je vous prie.

MADEM. BONNE.

Qui en a manqué, Monsieur ? Je n'ai pas insulté à votre foi : respectez la mienne, et n'en jugez qu'après vous en être bien instruit.

Nous en étions au discours que Moïse fit aux Israélites avant sa mort, et lady Louise les trouve si beaux, qu'elle les regarde comme une preuve de la divinité de sa mission. Effectivement on y voit un homme pénétré de la grandeur de Dieu, du néant de la créature, de l'étroite obligation où elle est d'adorer, d'aimer, de servir son bienfaiteur. Combien de fois leur répète-t-il leurs obligations à cet égard? Combien les motifs d'obéissance qu'il présente aux Juifs sont-ils puissans? Et nous devons remarquer qu'un de ces motifs, et celui auquel il revient le plus souvent, est tiré des prodiges qu'il a opérés en leur faveur, dont leurs yeux ont été témoins. Ces prodiges que vous avez vus, leur dit-il, répétez-les aux enfans qui naîtront dans la terre promise, et qui n'auront pas eu l'avantage de les voir opérer. Ensuite Moïse fit prêter aux Juifs le serment le plus sacré, le plus terrible et le plus solennel, d'être fidèles à Dieu. Il fait ensuite écrire et leur sortie d'Egypte, et les miracles qui l'ont accompagnée et suivie : il fait aussi écrire ses exhortations, leurs sermens, et les lois qu'ils se sont obligés d'observer. Il ne se ménage point la liberté d'insérer des mensonges dans ce livre en l'ensevelissant, pour ainsi dire, entre les mains de quelques personnes; c'est un livre que chacun est obligé de lire ou d'entendre lire : les pères doivent en instruire leurs enfans; il veut que le monde s'en occupe le jour, la nuit, en prenant ses repas, en marchant. Est-ce là, Monsieur, la conduite d'un imposteur? Un homme qui rapporte tout à Dieu, rien à lui, peut-il être traité d'ambitieux?

BELESPRIT.

J'aurois bien une remarque à faire sur ce que vous venez de dire; le puis-je sans cainte d'être appelé téméraire, imprudent, étourdi?

MADEM. BONNE.

Est-ce que je parlois à vous, Monsieur? je croyois n'en vouloir qu'à ceux qui parloient mal-à-propos : ma critique vous regardoit-elle? Au reste, je vous offre une entière sûreté sur ce que vous voulez m'objecter, il faut éclaircir parfaitement votre sujet avant de le quitter.

BELESPRIT.

Moïse, cet homme si bon, si doux, si charitable, fait, en mourant, un commandement cruel aux Juifs. C'est d'exterminer tous les habitans du pays qu'ils vont habiter, sans épargner personne. N'étoit-ce pas assez de leur enlever leur héritage, sans les égorger avec une cruauté qui révolte?

MADEM. BONNE.

J'ai répondu à cette question dans le Magasin des Enfans; et puis, si vous croyez Moïse inspiré, ne lui demandez pas compte de ses actions.

BELESPRIT.

Quand je conviendrois qu'il a été mu de Dieu pendant toute sa vie, je ne pourrois vous accorder qu'il l'eût été dans cette dernière occasion. Un commandement de cette espèce répugne absolument à l'idée que j'ai d'un Etre souverainement bon.

MADEM. BONNE.

Si on vous amenoit un voleur, un parricide, un homme, en un mot, chargé de tous les crimes possibles, et que vous fussiez chargé de la vindicte publique, qu'en outre vous fussiez persuadé que cet homme, bien loin de vouloir se corriger, fût dans le dessein de continuer ses forfaits, et même d'encourager les autres à les commettre, seriez-vous louable de sauver un tel homme, de lui laisser la vie ?

BELESPRIT.

Non assurément, ce seroit une pitié très-pernicieuse; je me croirois coupable des crimes qu'il commettroit à l'avenir.

MADEM. BONNE.

Et pourquoi voulez-vous, Monsieur, que Dieu soit moins juste que vous ne le seriez ? Les peuples dont il prononça l'arrêt par la bouche de Moïse, arrêt dont les Israélites devoient être les exécuteurs; ces peuples, dis-je, avoient comblé la mesure de leurs crimes. Non-seulement ils méritoient la mort à laquelle ils étoient actuellement condamnés; mais Dieu prévoyoit qu'en vivant plus long-temps ils n'eussent fait qu'accumuler leurs crimes, et que, de plus, ils auroient entraîné les Israélites dans l'idolâtrie par leurs mauvais exemples. Sa justice demandoit donc qu'ils fussent exterminés. Ce châtiment n'offensoit point sa miséricorde; au contraire, en leur ôtant, avec la vie, la faculté d'accumuler leurs iniquités, c'étoit diminuer les châtimens qu'ils devoient souffrir.

LADY LOUISE.

Voilà un éclaircissement qui lève une grande difficulté dans mon esprit. On voit quelquefois des gens qui ayant vécu moralement bien, ont le malheur de commettre un crime et meurent aussitôt. Cela révolte la raison humaine, et paroît contraire à la bonté de Dieu; il faut donc penser que Dieu ne leur ôte la vie, que parce qu'il prévoit qu'au lieu de se corriger ils iroient de crime en crime.

MADEM. BONNE.

Je me souviens de l'avoir dit ainsi à ces dames quand elles étoient jeunes, et c'est une conjecture que je fais. Sur quoi je vous prie de vous souvenir d'une remarque que j'ai déjà faite. Ce qui fonde notre incrédulité par rapport aux hommes, c'est qu'ils sont sujets à l'erreur et aux passions ; ainsi ils peuvent se tromper et nous tromper, et par conséquent la raison nous ordonne l'examen, sur-tout si la bonne foi ou les lumières de ceux qui nous parlent nous sont justement suspectes, ou si ce qu'ils nous racontent blesse la vraisemblance. S'ils étoient infaillibles, l'examen seroit ridicule. Or, Dieu l'est. Nous sommes actuellement convaincues, par l'examen, qu'il a parlé par la bouche de Moïse : il faut que notre raison, qui nous a servi à faire cette découverte, s'arrête là. Elle peut bien nous servir encore à décider qu'une chose est bonne et juste, dès là que Dieu l'a commandée, sans qu'il lui soit toujours possible de s'apercevoir de la justice et de la sainteté de ses œuvres. Par exemple, nous croyons avoir découvert la raison de l'ordre que Dieu donna aux Israélites d'exterminer les habitans de la terre promise : je suppose que cette raison eût été impénétrable pour nous, il n'en faudroit pas moins croire qu'il y en a une. Fixons bien les bornes de la raison et de la foi. Les concevez-vous, lady Violente ?

LADY VIOLENTE.

Oui, ma Bonne : la raison nous sert à examiner si c'est Dieu qui a parlé ; et quand elle en est bien convaincue, elle avoue qu'il seroit ridicule à elle, qui est si bornée, de vouloir comprendre le pourquoi des œuvres d'un Dieu qui est la raison infinie, et qu'elle n'a d'autre parti à prendre que celui d'une foi aveugle, foi qui, loin de détruire la raison, en est l'acte le plus parfait.

LADY LOUISE.

Aussi suis-je déterminée à croire aveuglément tout ce que Dieu a révélé, c'est-à-dire les choses mêmes que je ne pourrois comprendre. Cependant, je vous l'avoue, je suis charmée, quand je puis, par le secours de l'examen, découvrir l'accord de certaines vérités avec ma raison ; je ne crois pas qu'il y ait du mal à cela, ma Bonne.

MADEM. BONNE.

Non, Madame, pourvu que vous croyiez ces choses, moins parce que vous les comprenez, que parce que Dieu les a dites.

Je ne crois pas, Monsieur et Mesdames, qu'il vous reste aucune difficulté sur la divinité de la révélation faite à Moïse; cependant nous allons continuer nos preuves pour la satisfaction de lady Louise et pour la nôtre.

Aussitôt après la mort du conducteur d'Israël, Josué, que Moïse avoit nommé pour son successeur, se mit en état d'entrer dans la terre promise. Il falloit pour cela passer le fleuve du Jourdain; et Dieu qui avoit dicté, pour ainsi dire, la construction de l'arche et du tabernacle, ne voulut pas commander qu'on jetât un pont sur ce fleuve; ce qui étoit très-aisé, car il n'est pas fort large ni fort rapide : il étoit aussi aisé de construire des bateaux. Il ne fit rien faire de ces choses, pourquoi? C'est qu'il convenoit à sa toute-puissance et à sa sagesse d'autoriser par un miracle éclatant le choix que Moïse avoit fait de Josué pour son successeur. Ici les incrédules ne peuvent supposer que le Jourdain eût un flux et reflux. Les Israélites s'étoient éloignés considérablement de la mer Rouge, et n'étoient plus en état d'en noter les phénomènes : il pouvoit se trouver parmi eux, comme parmi nous, des impies qui peut-être eussent voulu donner des causes physiques au passage de cette mer ; ce fut pour prévenir leur impiété que Dieu renouvela ce premier miracle dans un lieu qui étoit très-voisin, et comme au milieu du peuple juif, afin qu'ils fussent en état de vérifier chaque jour le miracle de leur second passage et par conséquent le premier ; car il seroit ridicule d'admettre l'un et de rejeter l'autre : les eaux du Jourdain n'étoient pas plus aisées à suspendre que celles de la mer. Qui a retenu celles de ce fleuve, a pu retenir aussi les autres. Je défie l'incrédulité la plus décidée de trouver à mordre sur le passage du Jourdain, et sur les autres miracles dont Josué fut l'exécuteur. Il frappe les eaux de ce fleuve en présence de plus d'un million de personnes : aussitôt elles s'écoulent du côté de la mer Morte, où elles vont se rendre, et s'amoncèlent du côté de leur source, en sorte qu'elles demeurent suspendues sans autre digue que la volonté du Créateur. Ce passage si étrange se fait avec tranquillité ; les prêtres se tiennent hardiment au milieu du fleuve desséché, et le peuple passe en bon ordre. Josué se donne le temps de faire enlever douze grandes pierres du fond du lit du Jourdain pour en composer un autel qui puisse servir de mémorial à un si grand événement. Douze plus petites servent à faire des couteaux pour circoncire ceux qui sont nés dans le désert, afin de leur imprimer le souvenir de ce prodige. Je répète ceci, Mesdames, parce que ce miracle sert à confirmer tous les autres.

MISS SOPHIE.

Si j'avois été là, j'aurois couru de toutes mes forces de l'autre côté du fleuve, tant j'aurois eu peur que cette montagne d'eau ne se fût écroulée sur moi.

LADY VIOLENTE.

Je crois, Madame, que vous auriez fait comme les autres ; car, enfin, il y en avoit là quelques-uns qui devoient se souvenir de la mer Rouge qu'ils avoient passée dans leur enfance, et qui avoient été témoins, jusqu'à vingt ans, d'un grand nombre d'autres prodiges. Le passé fondoit leur confiance et auroit sans doute excité la vôtre. Cette confiance du peuple sert encore à vérifier les autres miracles : on voit ici des gens accoutumés aux prodiges.

MADEM. BONNE.

M. Belesprit ne dit rien : cherche-t-il dans les forces de la physique de quoi nous prouver que le passage du Jourdain peut être un événement naturel ; ou le croit-il inséré après coup dans les livres de Josué ?

BELESPRIT.

Ni l'un ni l'autre. Je ne veux point faire de mauvaises chicanes : ce fait n'est pas de nature à être controuvé ; il avoit eu trop de témoins, le temps de sa durée avoit été trop long pour pouvoir en imposer. Je vous passe même les autres prodiges opérés par Josué ; mais que dire des temps qui ont suivi celui de ce chef des Israélites ? Que dire de l'idolâtrie si souvent réitérée chez les Juifs, de leurs mœurs dépravées et corrompues, des crimes de leurs rois ? Est-ce donc là ce peuple formé de la main de Dieu même, pour ainsi dire ?

MADEM. BONNE.

Que dire de tout cela, Monsieur? Que les historiens sacrés ont écrit avec une vérité, une impartialité qui devroit servir de modèle à tous les historiens : ils n'ont point cherché à pallier les fautes qui se sont commises parmi eux, et dont les aïeuls du Messie se sont rendus coupables. Reconnoissez en cela des hommes inspirés : ils ont un but en écrivant, et ce but n'est point équivoque; c'est de montrer aux hommes d'un côté les promesses de Dieu, et de l'autre les moyens dont il se sert pour les accomplir. Ce qu'ils écrivent doit être perpétué parmi les nations, et servir de fondement à la religion qui doit être prêchée par le Christ qu'ils annoncent. Si la sagesse humaine eût formé ce plan, la réflexion que vous venez de faire auroit été prévue par elle; elle auroit cherché à prévenir de pareilles objections, en sacrifiant les vérités humiliantes pour la nation d'où devoit sortir le Sauveur. L'esprit divin ne connoît point ces lâches ménagemens : il n'y a que lui qui puisse dépouiller un auteur de toute partialité, et se servir, pour fonder notre foi, des choses mêmes qui paroîtroient devoir y être un obstacle réel.

LADY LOUISE.

Je n'avois jamais fait cette réflexion, ma Bonne, et elle me paroît une preuve non équivoque de la divinité de la Sainte-Ecriture. Si elle eût été dictée par les hommes, nous ignorerions les crimes d'un David, d'un Salomon, d'un Manassès. J'admire la sagesse de Dieu, qui sait tout mettre à son usage : je conçois, par le récit des écrivains sacrés, le besoin que nous avions d'un Rédempteur, dans l'état de foiblesse où notre raison avoit été réduite. J'entrevois l'énormité du premier péché qui avoit dégradé la nature.

BELESPRIT.

J'interromprai votre réflexion, Madame; elle ne me paroît pas juste. La venue du Rédempteur étoit nécessaire, dites-vous, pour relever l'homme du funeste état dans lequel il avoit été réduit par le péché; mais sommes-nous plus innocens aujourd'hui que nous ne l'étions alors ? La différence des siècles est peu de chose par rapport aux mœurs, qui sont aujourd'hui à-peu-près ce qu'elles étoient alors, si on en excepte certains crimes que la douceur de nos mœurs rend plus rares parmi nous, et qui sont compensés malheureusement par des fautes d'une autre espèce.

MADEM. BONNE.

Je conviendrai avec vous, en gémissant, Monsieur, de la dépravation de nos mœurs, et du peu d'honneur que nous faisons à notre rédemption ; cependant j'oserois vous assurer que la corruption n'est pas aussi générale que vous pouvez vous l'imaginer. Vous n'avez vécu jusqu'à présent que dans le grand monde : j'avoue qu'on a peine à y découvrir des traces de la grâce que Jésus nous a méritée pour changer nos mœurs ; les gens vertueux (car il y en a pourtant) sont aussi soigneux de cacher le bien qu'ils font, que les méchans de faire parade de leurs crimes. J'ai eu le bonheur de passer une partie de ma vie parmi un monde d'une autre espèce que celui que vous connoissez, où j'ai vu les effets miraculeux de la rédemption; des personnes de qui on pouvoit dire véritablement, c'est Jésus-Christ qui vit en elles. J'accorde que le nombre en est petit : cependant il ne l'est pas autant que vous vous l'imaginez. Combien de gens, dans une condition obscure, mènent une vie innocente et chrétienne! Vous les connoîtrez au grand jour du Seigneur, et il manifestera alors des vertus si fort au-dessus de l'humanité, que si nous les connoissions aujourd'hui, les plus impies seroient forcés d'y reconnoître le doigt de Dieu.

LADY VIOLENTE.

Vous ne nous avez dit qu'un mot de Josué; n'acheverez-vous point son histoire?

MADEM. BONNE.

Ce mot étoit surabondant à ce que j'avois promis de prouver. C'étoit la mission de Moïse et la divinité des lois qu'il donna aux juifs. Josué n'en fit point de nouvelles : ce que je vous ai dit de lui, n'étoit que pour vous montrer ce que Dieu a fait pour justifier le choix que Moïse avoit fait de son successeur. Il est question maintenant de prouver la mission de Jésus et sa divinité; c'est ici, Mesdames, que je vous prie de renouveler votre attention.

LADY MÉRY.

Est-il vrai, ma Bonne, que le lieu de la sépulture de Moïse est ignoré, et que Saint-Michel a caché son corps? Pourquoi cela?

MADEM. BONNE.

Les juifs avoient un tel penchant à l'idolâtrie, que peut-être eussent-ils fait une idole du corps de Moïse. Ce fait n'est pas dans la Sainte-Ecriture ; on le trouve seulement dans quelques écrits qu'on peut croire ou nier selon qu'on le croit raisonnable. Je n'en porte aucun jugement ; car ne les ayant jamais lus, j'en jugerois témérairement.

BELESPRIT.

J'adopte ce fait, Mademoiselle, et j'en ferai usage en son temps. Souvenez-vous seulement que c'est vous qui me l'avez fourni, et ne grondez pas.

MADEM. BONNE.

Vous mériteriez de l'être en ce moment. On diroit, à vous entendre, que j'ai besoin d'être ménagée : apprenez, retenez bien, Monsieur, que je ne veux aucune grâce, et que je n'en ai pas besoin. Accusez-nous de choses réelles, j'en conviendrai de bonne foi ; mais n'allez pas, sur des ouï-dire, renouveler des calomnies qui ont été réfutées dix mille fois, ou permettez-moi de la fermeté.

LADY LOUISE.

Il me semble, ma Bonne, que vous avez passé bien légèrement sur une proposition qui a été avancée. Une de ces dames a dit qu'il suffisoit de croire en Dieu et à Jésus-Christ pour être sauvé. Cela ne va-t-il pas à l'indifférence du culte, au déisme ?

BELESPRIT.

Vous me volez cette réflexion, Madame : j'en allois conclure qu'il est inutile de pousser plus loin nos recherches. Nous croyons en Dieu ; je croirai même à Jésus-Christ si on veut, mais en gros, comme on y croit en Angleterre.

LADY VIOLENTE.

Vous êtes un plaisant original avec

votre expression : est-ce que nous ne croyons pas à Jésus-Christ comme les autres peuples ?

MADEM. BONNE.

Ne nous échauffons point, lady Violente. J'avouerai, si on veut, qu'il suffit, pour aller au ciel, de croire en Dieu et en Jésus-Christ. Je demanderois seulement qu'on s'expliquât sur ce qu'on entend par ce mot *croire en Jésus-Christ.* Je suis bien fâchée, ma chère lady, de vous dire que je trouve l'expression de Monsieur admirable. Elle exprime parfaitement la foi de ceux qui regardent tout culte comme indifférent ; ils disent tant qu'on veut qu'ils croyent en Jésus-Christ : ne leur demandez aucun détail, ils n'y ont jamais réfléchi, et, qui pis est, n'y veulent point réfléchir. Nous aurons bien des choses à dire sur cet article, qu'il faut remettre à la première fois : quelques affaires indispensables me forcent d'abréger cette conversation.

SECONDE JOURNÉE.

MADEM. BONNE.

Nous devons aujourd'hui examiner les preuves de la mission de Jésus-Christ, et nous convaincre que la bonté de Dieu nous en a ménagé de si fortes, qu'il n'est pas possible à la raison de s'y refuser. Les premières de ces preuves sont tirées des prophètes; c'est-à-dire que Dieu nous avoit annoncé cet événement important long-temps avant qu'il arrivât. Lady Méry, répétez-nous celles de ces prophéties que vous avez retenues. Ces dames suppléeront à ce que vous aurez oublié.

LADY MÉRY.

La première qui me frappe, est celle de Jacob mourant. Il dit à son fils Juda en le bénissant: *Le sceptre ne sortira point de Juda, ni le prince de sa postérité, jusqu'à ce que celui qui doit être envoyé soit venu, et c'est lui qui sera l'attente des nations.*

Miss FRANCISQUE.

Avant de nous expliquer ce passage, je vous prie, ma Bonne, de m'apprendre ce que c'étoit que les prophètes. Les alloit-on consulter comme on fait aujourd'hui les personnes qui disent la bonne aventure ?

MADEM. BONNE.

En vérité, miss Francisque a raison ; nous avons oublié une chose essentielle, et elle nous en fait souvenir. Remarquez bien, Mesdames, que toute la science des hommes ne peut aller jusqu'à pénétrer dans l'avenir : il n'y a que Dieu qui en ait connoissance.

Miss SOPHIE.

Et cependant l'expérience nous apprend qu'un grand nombre de prédications, qu'assurément Dieu n'a pas faites, n'ont pas laissé d'avoir leur accomplissement ; j'en pourrois citer un grand nombre.

MADEM. BONNE.

Ceci demande beaucoup d'attention, Mesdames. Il est certain qu'une personne qui réfléchit et qui remarque beaucoup, peut prédire certains événemens qui doivent être une suite ordinaire de ce qui se passe sous ses yeux. Un curé de Normandie qui tenoit des enfans en pension, fut accusé de magie, parce qu'il avoit tiré l'horoscope de la plus grande partie des enfans qu'il avoit élevés. Traduit au parlement, il instruisit les juges des moyens dont il s'étoit servi pour deviner si juste. Il examinoit soigneusement le caractère de ces enfans, et ce qu'il produisoit dans les différentes circonstances de leur enfance; il combinoit ces effets avec les diverses positions de la vie qu'ils devoient mener quand ils seroient grands, et en concluoit presque à coup sûr la conduite qu'ils devoient y tenir. Ainsi Tanaquille, d'après la connoissance qu'elle avoit des vertus et des talens de Servius-Tullius, comprit qu'il deviendroit l'honneur de sa famille, si on l'y faisoit entrer après avoir cultivé cet excellent caractère : ce fut en conséquence qu'elle le prédit, et que, pour aider à la prédiction, elle lui fit épouser sa fille après lui avoir donné la meilleure éducation. Elle n'avoit pas besoin d'être sorcière, comme vous le voyez, pour assurer ces choses, un peu de sagacité lui suffisoit. Au contraire elle n'eût pu deviner, lorsque Tarquin-le-Superbe vint au monde, que cet enfant détrôneroit et tueroit le gendre qu'elle devoit choisir, et qu'elle devoit lui préférer un jour. Il est certain qu'elle ne se détermina à faire porter la couronne à son gendre, au préjudice de son petit-fils, qu'à raison de la connoissance qu'elle avoit des mauvaises qualités de ce dernier qu'elle n'avoit pu prévoir avant qu'il eût donné des preuves de son mauvais caractère.

Pour qu'une prédiction soit miraculeuse, il ne faut pas qu'elle soit une conséquence de ce qui s'est passé ou de ce qui se passe. Il faut, pour faire une vraie prophétie, que l'événement prédit soit isolé, pour ainsi dire; qu'il ne tienne à rien, et qu'il ne puisse même être supposé vraisemblable dans le cours ordinaire des choses. Il faut que la personne qui fait la prédiction la fasse subitement, par un mouvement involontaire. Il faut encore, pour mieux s'assurer de la divinité d'une prophétie, qu'il y en ait plusieurs qui toutes s'accomplissent et deviennent l'une pour l'autre une preuve, un soutien. Or, tout cela se trouve dans les prophéties dont nous allons parler. Elles annoncent des événemens qui ne doivent arriver qu'après plusieurs siècles, et ne peuvent passer pour vraisemblables dans le temps où ils sont prédits : elles sont indépendantes des événemens actuels. Elles sont faites par des gens de tout âge, de toutes conditions ; les uns sont savans à la vérité, mais les autres étoient extrêmement ignorans. Enfin ces personnes n'avoient aucun intérêt présent ni futur à faire ces prédictions, qui sont en grand nombre et sur des sujets tout-à-fait différens.

LADY LOUISE.

Est-ce qu'il y a d'autres prophéties que celles qui regardent Jésus-Christ ?

MADEM. BONNE.

Oui, Madame : Dieu, pour condescendre à notre incrédulité naturelle, ne s'est pas contenté de nous annoncer le temps de la naissance du Messie, le lieu où il devoit naître, toutes les circonstances de sa passion, celles du châtiment qui devoit suivre le déicide des Juifs, la vocation des Gentils : il a aussi prédit très-clairement plusieurs événemens qui devoient précéder ceux-là, et qui regardoient les divers empires qui devoient se succéder, afin que l'accomplissement de ces prophéties qui nous importoient peu, nous disposât à croire un événement d'où dépendoit notre bonheur éternel.

BELESPRIT.

J'avoue, Mademoiselle, qu'une, et à plus forte raison plusieurs prophéties sont des choses miraculeuses : mais il n'y a rien de plus facile que d'en faire après l'événement. Vous savez que Tarquin-le-Superbe avoit fourni aux grands de Rome le moyen de tromper le peuple à cet égard, en achetant les trois volumes qu'on supposoit avoir été écrits par les Sibylles, et où le sénat faisoit trouver tout ce qui convenoit à ses intérêts. N'en pourroit-on pas dire autant des livres des prophéties ?

MADEM. BONNE.

Non, Monsieur, parce que le cas est absolument différent. Les livres sibyllins étoient cachés au peuple ; on pouvoit supposer tout ce que l'on vouloit, y ajouter, y retrancher. Les prophéties, au contraire, se lisoient publiquement dans les Synagogues les jours de Sabbat: on présentoit le livre aux étrangers pour faire cette lecture, comme nous le voyons dans Saint Paul. Ceux qui la faisoient ordinairement, n'avoient aucun intérêt à tronquer les passages; au contraire, dans les dispositions où ils étoient au temps de la venue de Jésus-Christ, ils avoient un intérêt particulier à taire les prophéties.

BELESPRIT.

Je ne vois pas quel intérêt ils pouvoient avoir alors à garder le silence sur les prophéties; permettez-moi de vous en demander la preuve. Je m'accoutume à vos usages, comme vous le voyez.

MADEM. BONNE.

Je vais vous donner cette preuve, Monsieur. N'est-il pas vrai qu'au temps d'Hérode les prêtres et les docteurs de la loi étoient extrêmement corrompus, et qu'ils étoient d'une indifférence monstrueuse sur l'avénement du Messie qu'avoient désiré leurs ancêtres?

BELESPRIT.

Voilà ce dont je ne conviens pas. Vous n'en avez la preuve que dans l'Evangile; mais avant de me faire adopter cette preuve, il faut m'en prouver la vérité, la divinité, et ce n'est pas une chose facile.

MADEM. BONNE.

Faites-moi la grâce, Monsieur, de me dire en quel temps l'Evangile a été publié, dans quel pays, dans quelle langue.

BELESPRIT.

Je n'en sais pas précisément le temps : ce qu'il y a de sûr, c'est qu'il a été écrit peu de temps après la mort de Jésus-Christ. D'autres chercheroient à vous le disputer; mais ce seroit une mauvaise chicane, et j'y renonce. Il a été publié dans la Judée, sans doute, puisqu'il est écrit en partie en langue hébraïque qu'on ne parloit que là.

MADEM. BONNE.

C'est-à-dire que de votre aveu, Monsieur, le Saint-Evangile a été publié dans un temps où les faits qui y étoient énoncés avoient pour témoins presque tous ceux qui vivoient dans Jérusalem. Si ces apôtres étoient des imposteurs, avouez qu'ils étoient bien mal-adroits de ne pas changer de climat pour publier des impostures qu'un chacun pouvoit démentir.

MISS DOROTHÉE.

Actuellement, Monsieur, le nombre des méthodistes est assez grand à Londres, quoiqu'on puisse le regarder comme fort petit, eu égard à la multitude des habitans de cette ville : s'il leur prenoit fantaisie d'autoriser la doctrine de leur patriarche par des miracles qu'ils supposeroient, n'est-il pas vrai qu'ils seroient réduits à les aller publier loin de la capitale, et que, s'ils osoient le faire ici, on les auroit bientôt forcés à se taire, seulement par l'évidence de leur mensonge?

BELESPRIT.

Ecoutez bien ma difficulté, Mademoiselle : c'est par l'histoire de l'Evangile et des Actes des apôtres, que nous connoissons les miracles et les conversions qu'on va me donner en preuve. Je nierai tout jusqu'à ce qu'on m'ait prouvé.... ce que je voulois dire m'échappe. Continuez, mademoiselle Bonne, votre discours me le rappelera.

MADEM. BONNE.

Et sans doute je répondrai par avance à votre objection. Je l'entends très-bien, Monsieur, et si vous étiez sincère, vous avoueriez que la honte vous réduit au silence, plutôt que le défaut de mémoire. Posons bien le fait que nous voulons prouver. Otons aux écrivains sacrés toute pudeur, et supposons qu'en vrais idiots, comme ils se nomment eux-mêmes, ils n'ayent pas prévu qu'en publiant des mensonges dans la Judée, ils aviliroient la doctrine qu'ils cherchoient à établir. Toujours est-il vrai que leurs écrits ont été publiés dans la Judée, puisqu'ils étoient écrits en hébreu. Il y a eu des juifs qui se sont faits chrétiens, céla est sûr. Donc il y a eu des juifs qui ont su, à n'en pouvoir douter, que les miracles allégués étoient réels.

BELESPRIT.

Mauvais raisonnement dans votre bouche, et qui va devenir excellent dans la mienne. Il y eut peu de juifs qui se firent chrétiens. Pourquoi cette résistance à la doctrine de gens qui avoient, selon vous, le ciel à leurs gages, pour ainsi dire, et qui pouvoient en obtenir à leur gré les miracles les plus étonnans? N'est-il pas naturel d'en conclure que ces miracles, que vous alléguez, n'ont jamais été faits? Tous les juifs, sans exception, se seroient convertis.

MADEM. BONNE.

Et pourquoi Achab et les Israélites n'abandonnèrent-ils pas l'idolâtrie à la vue des miracles opérés sous leurs yeux par Elie, Elysée et les autres prophètes? Jéroboam voit sa main desséchée au moment qu'il menace l'un d'eux; cette main est guérie à la prière du même prophète : ces deux miracles consécutifs opèrent-ils sa conversion? Non. Serions-nous autorisés à dire aux juifs : Nous nous inscrivons en faux contre ces miracles, parce que, s'ils eussent été opérés, Jéroboam se seroit converti. Ces ennemis du Christ sont-ils d'accord avec nous pour vous tromper? Ont-ils inséré ces miracles dans leurs livres exprès pour nous procurer une preuve que ces effets de la toute-puissance de Dieu sont souvent inutiles pour toucher et convertir des cœurs endurcis? Car, enfin, ils ont été les conservateurs de ces faits, ainsi que des prophéties.

BELESPRIT.

Il me vient une singulière pensée, Mademoiselle, et voici ce qui l'a fait naître. Je vous avouerai franchement que je suis peu versé dans cette matière, et que par conséquent j'ignore de quelles raisons ou prétextes les juifs se sont servis pour rejeter l'Evangile et son auteur. Je veux donc vous procurer un adversaire plus redoutable. Je suis très-lié avec un juif très-honnête homme, et qui de plus est décoré du titre de docteur parmi eux. Il demeure à vingt pas d'ici, permettez-moi de l'appeler, je ne serai qu'un instant.

MADEM. BONNE.

De tout mon cœur, Monsieur. Au reste, Mesdames, je n'espère pas beaucoup de satisfaction de ce nouvel adversaire. J'ai beaucoup vécu avec les juifs, et j'ai cessé d'être surprise de leur aveuglement, parce que j'en ai connu les sources. La première est une ignorance au-dessus de l'expression ; la seconde, une indifférence monstrueuse sur les choses qui regardent Dieu. Je me souviens qu'à Metz je voulus parler religion avec un juif que je voyois souvent pour affaires, et je lui citai les Ecritures. Il n'en avoit aucune connoissance ; et comme je voulus l'exciter à les lire, il me répondit stupidement : Que m'importe ? J'ai mes affaires qui m'occupent trop pour me laisser ce loisir. Je crus d'abord que ce sentiment étoit particulier à cet animal à face humaine ; j'examinai la façon de penser des autres, et je vis avec étonnement qu'à l'exception d'un très-petit nombre, tous les juifs étoient dans ces malheureuses dispositions....... Voici Monsieur Belesprit de retour avec son juif ; vraiment c'est un Rabbin, j'espère qu'il sera plus habile que les autres.

LE RABBIN.

Monsieur Belesprit, Mademoiselle, m'a dit qu'après avoir prouvé la vérité de la révélation de Moïse, vous entreprenez de prouver aussi la divinité de celle de Jésus. C'est dommage, après avoir soutenu une bonne cause et en être sortie triomphante, c'est dommage, dis-je, d'employer vos talens à en soutenir une mauvaise dans laquelle vous serez vaincue.

MADEM. BONNE.

C'est ce qu'il faudra voir. Monsieur doit aussi vous avoir appris que je ne suis pas peureuse et aisée à décourager. Entrons en matière.

Vous croyez que les prophètes qui ont vécu parmi vous ont été inspirés de Dieu. Nous allons exposer leurs prophéties. Ecoutez-les toutes, s'il vous plaît, Monsieur : et quand il faudra en faire voir l'accomplissement, je dirai mes raisons, et vous aurez toute la liberté de me contredire ; monsieur Belesprit et ces Dames jugeront des coups. Répétez, miss Dorothée, ce que vous avez retenu des prophéties.

MISS DOROTHÉE.

Voici la première, prononcée par Dieu même après la chûte d'Adam : *Je mettrai de l'inimitié entre toi* (le serpent) *et la femme, et entre ta semence et la sienne ; elle t'écrasera la tête ; et toi tu lui briseras le talon*. Voici celles que Dieu répéta très-souvent à Abraham, à Isaac et à Jacob : *Toutes les nations seront bénies en ton nom.* Je vais répéter celles de Jacob mourant : *Le sceptre ne sera point ôté de Juda, ni le prince de sa postérité, jusqu'à ce que celui qui doit être envoyé soit venu ; et c'est lui qui sera l'attente des nations.*

Voici celle de Daniel qui prédit le temps de la naissance du Messie, le crime de votre nation, et le châtiment qui devoit le suivre :

Depuis l'ordre qui sera donné pour rebâtir Jérusalem, jusqu'au Christ chef de mon peuple, il y aura sept semaines, et soixante et deux semaines ; et les places et les murailles de la ville seront rebâties de nouveau parmi des temps fâcheux et difficiles ; et après ce temps le Christ sera mis à mort, et le peuple qui doit le renoncer ne sera plus son peuple. Un peuple qui doit venir avec son chef, détruira la ville et son sanctuaire ; elle finira par une ruine entière, et la désolation qui a été prédite arrivera après la fin de la guerre. Il confirmera son alliance avec plusieurs dans une semaine, et à la moitié de la semaine les hosties et les sacrifices seront abolis. L'abomination de la désolation sera dans le temple, et la désolation persévérera jusqu'à la consommation et jusqu'à la fin.

LE RABBIN.

Je conviens avec vous de la vérité de cette prophétie, et nous en attendons l'accomplissement. Nous ne disputons que sur l'application qu'on en doit faire, et nous offrons de prouver par ces mêmes écritures que vous recevez, que le Messie viendra plein de gloire et de majesté pour relever le trône de David et nous rétablir dans une puissance beaucoup au-dessus de celle qui nous fut autrefois donnée par Moïse. Il m'est aisé de vous prouver que ce Jésus que vous regardez comme le Messie, n'a aucun des caractères de grandeur, de puissance et de majesté, par lesquels les prophètes l'ont caractérisé. J'avouerai, si vous voulez, que ce fut un prophète puissant en œuvres et en paroles; que ses mœurs ont été pures et irréprochables; mais je nierai qu'il soit le Messie, qu'il soit

Dieu. Il ne l'a pas dit lui-même dans tout le cours de sa vie ; et s'il sembla s'arroger cette dignité devant les juges et les docteurs de la loi, c'est qu'il parloit un style figuré fort en usage parmi les Orientaux. Esther ne dit-elle pas qu'Assuérus parut comme un Dieu ? N'y a-il pas d'autres endroits où l'on dit : Nous sommes des dieux ? Je le répète : cette façon de parler est d'usage dans la langue hébraïque, et ne signifie point du tout la divinité.

MADEM. BONNE.

Je vous fais juge de ces objections, monsieur Belesprit, vous en voyez la foiblesse. Il faut pourtant y répondre, ce qui n'est pas fort difficile, et faire voir à Monsieur qu'il se contredit.

LE RABBIN.

Vous trouvez mes objections foibles, et croyez-vous que je vous aie fait toutes celles qui se présentent ? Non assurément. Ce n'est pas même notre usage d'entrer en matière sur ce sujet ; cependant je veux bien y déroger par considération pour mon ami qui l'exige. Je vous ai accordé que Jésus fût un prophète puissant en paroles et en œuvres; c'est le témoignage que lui rend notre historien Josèphe. Ne croyez cependant pas que je convienne de tout ce que vos Evangélistes ont écrit de sa vie et de ses miracles. Le savant auteur que je viens de citer n'entre dans aucun détail à ce sujet, et nous tirons de son silence une preuve victorieuse. Il n'eût pas manqué de s'étendre sur toutes les merveilles opérées par cet homme, si elles eussent été réelles.

MADEM. BONNE.

J'irai plus loin que vous, Monsieur; et je vous accorderai, si vous le voulez, que ce peu de mots qu'on attribue à Josèphe ont été mis après coup dans son histoire, et qu'il n'a parlé de Jésus-Christ en aucune manière.

BELESPRIT.

Comment, Mademoiselle, vous abandonnez un passage tel que celui-là? Il faut que vous vous croyiez riche en preuve.

LE RABBIN.

Je savois aussi bien que Mademoiselle que ce passage est contesté; cependant, comme quelques-uns l'ont défendu; la politesse m'engageoit à le laisser subsister : c'étoit peu de chose; cependant cela doit vous prouver que la richesse des preuves est de mon côté. Que ce passage soit ou ne soit pas de notre historien, toujours est-il vrai qu'il est seul, et qu'il ne seroit pas naturel qu'il eût gardé le silence sur cette foule de miracles attribués à votre Jésus. Sa mort, telle qu'elle est rapportée par vos Evangélistes, eût causé un certain trouble dans Jérusalem : d'ailleurs, cet événement devenoit de conséquence, si les prédictions qu'on attribuoit à ce Jésus eussent été réelles.

MADEM. BONNE.

Je conviens avec vous, Monsieur, que le silence de votre historien sur ce qui regarde Jésus n'est pas naturel. Il s'étend avec prolixité sur des faits bien moins importans, et dont les suites étoient moins à craindre, comme vous le remarquez fort bien. Quelle liste ne nous donne-t-il pas d'un grand nombre d'imposteurs réprimés par les gouverneurs romains, ou qui s'étoient dissipés d'eux-mêmes? Cependant ces hommes avoient disparu, pour ainsi dire, presque aussitôt qu'ils avoient été connus; et si on compare le nombre de leurs disciples à ceux de Jésus, il étoit très-petit. D'où vient tant de détails pour les uns, et si peu pour l'autre, en admettant même les deux mots qu'on lui attribue? Plus ce silence a droit de nous surprendre, plus nous sommes autorisés à en chercher la cause. Convenons de quelques faits, s'il vous plaît, Monsieur: d'abord, Josèphe étoit contemporain de Jésus; je ne sais pas quel âge il avoit lors du siége de Jérusalem; mais il pouvoit, s'il étoit déjà vieux, avoir vû Jésus dans son enfance. Secondement le christianisme avoit déjà fait de grands progrès, sur-tout dans la Judée: l'Evangile avoit été publié aussi bien que les Actes des Apôtres. On y avançoit des faits capables de couvrir de honte et d'opprobres les principaux chefs de la nation, ou plutôt la nation toute entière, des faits capables d'ébranler la religion Judaïque jusques dans ses fondemens. Vous êtes forcé de nier ces faits après dix-sept siècles pour soutenir votre religion : Josèphe n'avoit-il pas le même intérêt ? Et il avoit, à cet égard, des facilités qui vous manquent. Il n'a pas contredit les Evangélistes : pourquoi ? C'est qu'il étoit impossible de le faire, vu la notoriété des faits qu'ils avoient allégués ; et pour me servir de vos termes, son silence est une preuve victorieuse de tous ces faits qu'il auroit contredits, s'il eût été possible.

BELESPRIT.

Je vous avoue, Mademoiselle, que cette preuve me paroît sans réplique, et je ne sais comment je n'y avois fait aucune attention jusqu'à ce jour. Le silence d'un accusé a la force d'une conviction dans tous les tribunaux. Josèphe n'a rien répondu aux crimes dont on accusoit ceux de sa nation, et cela dans un ouvrage fait pour l'exalter ; nous sommes en droit d'en conclure que ces crimes étoient si notoires, qu'il n'étoit pas possible de les affoiblir, encore moins de les nier, et que le seul parti convenable étoit de garder le silence à cet égard. Que répond M. le Rabbin ?

LE RABBIN.

Pouvez-vous rendre la nation ou plutôt la vérité responsable du silence d'un auteur, qui sans doute a eu, pour le garder, des raisons qu'il ne nous a point transmises? Pouvez-vous en tirer de pareilles conséquences?

MADEM. BONNE.

Oui, Monsieur, nous le pouvons, elles sont raisonnables. Vous aviez des docteurs et des scribes; ces hommes, qui montroient tant de zèle pour la loi de Moïse, ne devoient-ils pas s'attacher à faire tomber dans la confusion les disciples de celui qu'ils avoient crucifié? Au lieu de les traîner dans les tribunaux pour leur faire souffrir des peines corporelles, il falloit les confondre aux yeux de tout Israël, en prouvant qu'ils appuyoient leur prédication sur des faits qui n'avoient jamais existé : on pouvoit en prendre à témoins tous ceux qui vivoient encore.

BELESPRIT.

Effectivement, rien de plus facile alors que de réfuter leurs mensonges, supposé qu'ils en eussent dit. M. le Rabbin, si on accusoit un de nos parlemens d'une injustice qu'il n'eût pas commise, pensez-vous qu'il gardât le silence?

MADEM. BONNE.

C'étoit le seul moyen de retenir les Juifs dans la foi de leurs pères qu'ils abandonnoient. On disoit aux prêtres : l'envie et la jalousie que vous aviez conçues des vertus et des miracles de Jésus, ont été les seules causes de la persécution que vous avez excitée non-seulement contre lui, mais encore contre nous, qui sommes ses disciples. C'est parce qu'il a démasqué votre hypocrisie, vos rapines, qu'il vous appeloit des sépulcres blanchis, qu'il vous reprochoit que vous aviez abandonné la loi de Dieu pour y substituer vos traditions humaines et souvent impies, que vous l'avez fait mourir. Il vous a confondus toutes les fois que vous avez voulu disputer contre lui. Il a fait un grand nombre de miracles à vos yeux : les principaux d'entre vous étoient présens, lorsqu'il a ressuscité Lazare, qui sentoit déjà mauvais. Il a prédit la ruine de Jérusalem, celle du temple : nous vous assurons qu'elle arrivera. Il a exhorté les habitans de cette ville à la fuir, à l'abandonner, parce qu'elle va bientôt éprouver la colère céleste. Sa mort a été accompagnée, de votre part, des plus grands excès d'injustice, de scélératesse, et de la sienne, de prodiges que vous avez vus. Il est ressuscité le troisième jour, comme il l'avoit promis; vous n'en pouvez douter, puisque vous avez été réduits à séduire les gardes que vous aviez placées à son tombeau, pour dire que nous l'avions enlevé. Voilà ce que les évangélistes écrivoient, ce que les apôtres et les disciples prêchoient, ce que les scribes et les pharisiens ne pouvoient ignorer. N'étoit-il pas de leur honneur de faire des enquêtes juridiques qui eussent anéanti le christianisme dans son berceau, si les apôtres eussent allégué un seul fait qu'ils eussent pu prouver faux? Josèphe eût dû suppléer à leur négligence : le fait étoit assez singulier, assez public pour mériter une place dans son histoire. Je vous défie, Monsieur, de nous donner une preuve satisfaisante du silence que les uns et les autres ont gardé, si ce n'est celle que j'ai alléguée. Au reste, ne croyez pas que ce que je viens de vous dire soit le fruit d'une longue méditation : je pourrois vous jurer que je n'avois jamais pensé à cette preuve : elle naît du sujet, et je l'ignorois moi-même il y a un quart-d'heure.

BELESPRIT.

Pour moi je la trouve telle, qu'elle me suffit pour admettre, sans balancer, tout ce que les évangélistes ont écrit : il ne faut pas déraisonner par entêtement.

LE RABBIN.

Je suivrai votre exemple, Monsieur, et j'avoue que cette preuve me frappe moi-même. Mais en supposant qu'elle est telle qu'elle le paroît, elle ne certifie que le récit de certains écrivains que vous appelez sacrés, et rien de plus. Nous sommes encore bien loin de trouver chez eux la preuve de la divinité de Jésus-Christ. Elle y est si peu, qu'un grand nombre de chrétiens qui reçoivent ces écrits, ne l'y ont pas trouvée, et l'ont disputée dans tous les temps.

LADY INCONSÉQUENTE.

Oh ! cela est très-vrai ; Maman a été très-en colère contre ma Bonne, parce qu'elle m'avoit dit d'adorer Jésus dans la crèche, et parce que nous offrons nos actions à Dieu en union de celles de

Jésus. Elle a dit à mademoiselle Devins, ma gouvernante, qu'elle étoit une idolâtre, parce qu'elle adoroit Jésus; et elle assure qu'un très-habile ministre lui a certifié que Jésus étoit à la vérité la plus excellente de toutes les créatures, mais qu'enfin il n'étoit qu'une créature.

LADY VIOLENTE.

Vous n'y pensez pas, ma chère, cela est contradictoire. Ou Jésus est le fils de Dieu, ou il est un scélérat digne du supplice auquel il a été condamné. Il n'y a point de milieu entre ces deux extrémités.

LADY INCONSÉQUENTE.

Je ne vois point du tout cela, ma chère: ma mère, qui a beaucoup d'esprit, ne le voit non plus; et je vous assure que j'ai vu quantité de gens très-savans qui sont d'un autre avis que vous sur cet article.

LE RABBIN.

Jésus lui-même n'a-t-il pas dit: *Mon père est plus grand que moi*? N'est-ce pas à lui qu'on attribue ces paroles: *la sagesse m'a créé au commencement de ses voies*? Ne dit-il pas que nul ne connoît le jour du jugement, *et non pas même le fils de l'homme?*

LADY LOUISE.

Il y a long-temps qu'on a décidé que Jésus parle alors de lui-même en se considérant selon la nature humaine. J'ai ouï dire que cette dispute a été terminée à Nicée, où un grand nombre d'évêques s'étoient rassemblés.

MADEM. BONNE.

Ne sortons point de notre sujet, s'il vous plaît, Mesdames: la dispute sur la divinité de Jésus, qui fut terminée à Nicée, reviendra en son temps. Il faut éviter de sauter de branche en branche, c'est-à-dire que nous ne devons point quitter un sujet avant de l'avoir assez approfondi pour savoir ce que nous en devons penser. Il ne sera donc point question aujourd'hui de la divinité de Jésus. M. le Rabbin n'a pu s'empêcher de reconnoître que le silence des scribes et des pharisiens, et ensuite celui de Josèphe, sur ce que les évangélistes ont prononcé, loin de lui fournir un moyen de réfuter la fidélité des livres sacrés, est une forte présomption en leur faveur.

Demeurons-en là. Croyez-vous, Monsieur, à la prédiction de Jacob mourant, telle qu'on vient de la répéter?

LE RABBIN.

Assurément, Mademoiselle, elle est même répétée très-souvent dans les saintes Ecritures.

MADEM. BONNE.

Il en faut conclure que, du temps où le sceptre est sorti de Juda, et la couronne de la famille de David, celui qui étoit l'attente des nations est venu.

LE RABBIN.

Et qui vous a dit que la famille de David ne règne plus? Ne savez-vous pas que le Talmud nous enseigne comme une chose sûre, que dans une région inconnue et fort éloignée il règne un des descendans de David sur des Juifs fidèles? Qu'ils ont là une nouvelle Jérusalem, un temple où l'on sacrifie, et que la loi y est observée jusqu'à un ïota?

BELESPRIT.

De bonne foi, mon cher, un homme comme vous peut-il ajouter foi à une telle fable? Vous demandez à Mademoiselle comment elle ne sait pas cela? Et moi, je vous demande comment vous le savez. Il en est de cette région comme du royaume de la lune ; personne ne pouvant se vanter d'y avoir été, on en discourt tout à son aise. Croyez-moi, mettez votre région avec les mondes de M. de Fontenelle.

LE RABBIN.

Et depuis quel temps, mon ami, vous êtes-vous chargé du rôle d'apôtre? Ne vous ai-je pas entendu badiner mille fois sur ce que votre religion a de plus sacré, tourner en ridicule ceux qui avoient la simplicité de croire la révélation des deux Testamens, en un mot, en faire des contes beaucoup plus ridicules que ma région inconnue?

BELESPRIT.

Les temps sont bien changés, mon pauvre ami. Je veux bien vous avouer ici que j'ai douté sans preuve, pour suivre la mode, parce que cela m'étoit plus commode, et me laissoit la liberté de suivre les mouvemens d'une nature qui n'étoit pas très-saine. Un examen sérieux m'a convaincu des vérités que je blasphémois sans les connoître, et je ne me suis point piqué d'une fermeté qui n'auroit été, à vrai dire, qu'une obstination méprisable. Mon témoignage ne doit point vous être suspect; vous me connoissez assez pour penser que je ne me suis rendu qu'à la dernière extrémité et après avoir résisté autant qu'il m'a été possible. Croyez-moi, imitez ma bonne foi, cherchez à vous éclaircir; et pour me servir d'une expression de l'Ecriture: *Si vous entendez aujourd'hui la voix de Dieu, n'endurcissez pas votre cœur comme vos pères firent dans le désert.* Je sais par mon expérience qu'il en coûte quelque chose pour renoncer à des préjugés qui nous sont chers; qu'une fausse honte retient souvent dans l'erreur après même qu'on l'a reconnue; que des intérêts de famille, de fortune, de réputation, sont capables de fixer dans un mauvais parti. Mais je soutiens qu'il n'y a qu'une ame lâche qui puisse être arrêtée par des considérations si foibles. Un honnête homme ne craindra jamais de tout sacrifier à la vérité, même dans les choses de peu d'importance, à plus forte raison quand il s'agira de tout ce qui nous importe le plus, du salut éternel.

LE RABBIN.

Et croyez-vous de bonne foi que notre bonheur dans l'éternité dépende de la façon dont nous aurons pensé sur la terre? Je n'ai jamais douté de la bonté de ma religion : Dieu me feroit-il un crime de l'avoir crue sur la foi de mes pères ?

BELESPRIT.

Je vais vous parler à cœur ouvert. Je suis actuellement convaincu de la vérité de la révélation faite à Moïse ; ce n'est pas qu'il ne reste bien des choses dans les livres saints que je trouve incompréhensibles, d'autres qui semblent choquer ma raison ; mais cette raison m'ayant démontré que Dieu est l'auteur de cette révélation, je ne dois pas me flatter de la mesurer à mes lumières : j'admire celles que je comprends, j'adore en silence celles qui sont au-dessus de ma portée. Quant à ce qui a suivi la révélation de Moïse, je n'en ai pas une certitude aussi absolue, parce que je n'ai point encore examiné si ces deux révélations sont dépendantes l'une de l'autre ; je conçois pourtant, par le peu que nous en avons dit, que la certitude sera le fruit de l'étude que nous allons faire. Si après avoir employé à cette étude toutes les forces de mon esprit, j'étois malheureusement le jouet de l'erreur, alors j'espère qu'elle ne me seroit point imputée, parce que Dieu est trop bon pour nous demander l'impossible. Je vous dirai plus, c'est que cette impossibilité à trouver la vérité me paroît une chose absurde. C'est notre orgueil, notre présomption, notre mauvaise foi, notre paresse à chercher la vérité, la négligence à demander à Dieu ses lumières, qui éloignent de nous la connoissance du bien, du vrai; donc nous sommes comptables de nos erreurs, parce qu'il a été en notre pouvoir de nous en délivrer; donc Dieu nous condamnera avec justice pour ces erreurs dont nous avons négligé de vider notre esprit. Vous croyez, dites-vous, sur la foi de vos pères, sans vous embarrasser si c'étoit celle que Dieu exigeoit d'eux et de vous: cette indifférence monstrueuse est elle-même un crime. Auriez-vous la même négligence pour les choses qui regardent votre fortune? Ne croyez-vous pas devoir vous instruire par vous-même [illegible] de la faire, de la conserver [illegible] moniers, faites pour votre ame [illegible] vous faites pour votre corps, [illegible] lequel, comme pour le temps, [illegible] croyez, je pense, à une autre [illegible] vous n'êtes pas Sadducéen.

LE RABBIN.

[illegible] Monsieur ; je crois la résurrection [illegible] morts aussi fermement comme [illegible] qu'on peut se sauver dans toutes [illegible] religions, pourvu qu'on y soit de bonne foi.

[illegible] BONNE.

[illegible] point qu'il faudrait examiner [illegible] ; finissons ce que nous avons [illegible] commencé, et abandonnez de bonne [illegible] ce royaume imaginaire, où règne un [illegible] de David, que personne n'a vu, et [illegible] on ne peut même soupçonner [illegible] l'existence sur le moindre fondement ; [illegible] en supposant même ce royaume, [illegible] ne pourriez vous tirer d'affaire, et [illegible] avez conservé des prophéties qui [illegible] sont impossibles à accomplir en [illegible] votre système.

[illegible] prophète Aggée dit positivement, [illegible] qui rebâtissoient le temple de Jérusalem : Pourquoi vous affligez-vous en comparant ce temple avec celui de Salomon dont il n'égale point la splendeur ? La gloire de ce dernier surpassera celle de l'autre, parce que le désiré des nations y viendra, et que c'est là qu'il donnera la paix.

Les Juifs à qui l'on fit cette prophétie, l'entendirent comme nous l'entendons aujourd'hui : ils comprirent que c'étoit dans ce temple qu'ils rebâtissoient que le Messie devoit paroître ; Dieu engageoit sa parole que son fils l'honoreroit de sa présence : ce temple ne subsiste plus depuis long-temps ; il en faut conclure ou que les prophéties sont fausses, ou que le Messie est venu.

Mais Jésus est-il ce Messie ? C'est ce que vous pouvez raisonnablement chercher à découvrir. De quelle famille ce Messie devoit-il sortir, Monsieur ? En quel lieu devoit-il, ou doit-il naître ?

LE RABBIN.

Il est répété mille fois dans l'Ecriture qu'il doit être du sang d'Abraham par Juda et par David. C'est celui dont le règne doit durer éternellement. Bethléem doit être le lieu de sa naissance ; car il est écrit dans le prophète Michée : *Et toi Bethléem appelée Ephraïm, tu es petite entre les villes de Juda ; mais c'est pourtant de toi que doit sortir celui qui doit régner dans Israël, dont la génération est dans le commencement, dans l'éternité.*

MADEM. BONNE.

Cette prophétie a été exactement remplie à la naissance de Jésus. Il étoit du sang de David : la circonstance de sa naissance à Bethléem n'étoit point un coup prémédité par ses parens, comme on pourroit le supposer en d'habiles fourbes, qui eussent préparé de loin la scène qu'ils vouloient faire jouer un jour à leur fils : vous savez que ce fut l'édit pour le dénombrement qui y donna lieu.

LE RABBIN.

J'en conviens avec vous, Mademoiselle ; mais comment concilier cette gloire et cette majesté dans laquelle le Messie devoit paroître, avec cette pauvreté, cette étable ? Vous me citez trois ou quatre prophéties qui peuvent s'appliquer à Jésus ; et je vous en citerai mille, où il est représenté comme un roi puissant, comme un conquérant qui viendra soumettre l'univers et nous retirer de l'humiliation dans laquelle nous sommes tombés. Rien de tout cela ne peut s'appliquer à votre Jésus, qui loin d'être en état de nous rendre notre première gloire, a vécu pauvre, ignoré jusqu'à trente ans, et qui n'ayant passé que trois années avec une sorte de célébrité, a fini sa vie par une mort infâme. Je dis avec une sorte de célébrité, car il rampa toujours avec la plus vile canaille : ce fut parmi le bas peuple qu'il eut des admirateurs ; pas un homme de nom qu'on puisse compter parmi ses disciples. Tout cela étoit-il digne de Dieu, de sa majesté, de sa puissance, de sa sagesse, et même de ce qu'il nous avoit promis ?

MADEM. BONNE.

Oui, Monsieur. Je reconnois comme vous les prophéties qui annoncent la gloire et le triomphe du désiré des nations, et je m'offre à vous prouver qu'elles ont eu leur accomplissement.

Quittez vos préjugés et faites-moi la grâce de répondre à une question que je vais vous faire ; mais je vous prie de ne consulter que votre bon sens. Lequel trouvez-vous le plus grand prince, d'Alexandre qui a soumis l'Asie, ou de Pierre-le-Grand à qui la grande Moscovie doit l'adoucissement de ses mœurs ?

LE RABBIN.

Assurément je pense qu'il n'y a point de comparaison. Je trouve qu'il a fallu réunir le courage le plus ferme, les lumières les plus étendues et la prudence la plus consommée à Pierre, je ne dis pas pour faire ce qu'il a fait, mais même pour le tenter.

MADEM. BONNE.

Je ne vous demande pas, Monsieur, quelles qualités il a fallu à Pierre pour entreprendre de policer son vaste empire, mais laquelle de ces deux entreprises, celle d'Alexandre et celle de Pierre, étoit la plus grande, la plus noble, la plus utile à l'humanité.

LE RABBIN.

C'étoit sans doute l'entreprise de

Pierre. Alexandre étoit le fléau de l'humanité. Pierre en devint le père, l'ami, le protecteur, le restaurateur. Mais je vous prie, dites-moi, Mademoiselle, à quoi tout ce discours tend-il?

MADEM. BONNE.

Un moment, s'il vous plaît, Monsieur; souffrez encore quelques-unes de mes questions. Pierre a-t-il rempli la glorieuse carrière qui lui étoit ouverte? A-t-il fait tout le bien qu'il pouvoit et devoit faire? N'y avoit-il point un *au-delà* où il n'est point allé? c'est-à-dire, n'y avoit-il pas des moyens infaillibles de pousser son projet plus loin qu'il ne l'a été?

LE RABBIN.

Je crois que Pierre a conçu un dessein plus vaste que celui qu'il a exécuté. Cependant j'ai peine à l'accuser du défaut de perfection qu'on aperçoit dans son ouvrage. Il manquoit d'éducation, il avoit des habitudes et des préjugés très-enracinés à détruire chez ses sujets: leur ignorance, leur stupidité, leur obstination, le peu de secours qu'il trouva dans ceux qui auroient dû concourir avec lui à ce grand ouvrage, ne lui ont pas permis de faire tout ce qu'il auroit souhaité.

LADY VIOLENTE.

Je ne suis pas si indulgente à l'égard de Pierre. Il avoit, selon moi, un moyen infaillible de donner plus de perfection à son ouvrage. S'il eût pu se déterminer à faire la guerre à ses propres défauts, il est à présumer qu'il auroit eu meilleur marché de ceux de ses sujets. Il n'est point de sermon plus efficace que celui de l'exemple; je crois même qu'il est le seul efficace, et que tout lui cède à la longue : le triomphe sur lui-même manque à la gloire de Pierre-le-Grand.

LE RABBIN.

Je ne puis en disconvenir. Pierre ne dépouilla jamais une certaine férocité qu'il tenoit de l'éducation; j'avouerai même encore que les effets en devinrent encore plus fâcheux par l'excès qu'il fit des boissons violentes. C'est que Pierre étoit homme, et que l'humanité ne comporte point une perfection telle qu'il l'auroit fallu pour faire réussir parfaitement l'ouvrage qu'il avoit entrepris. Si l'empereur des Moscovites avoit su se vaincre, je le mettrois au-dessus de tous les hommes qui ont existé jusqu'à présent.

MADEM. BONNE.

Comment ! au-dessus des César, des Gustave, et de tant d'autres?

LE RABBIN.

Sans contredit, Mademoiselle. Je suis un peu philosophe, et je connois la valeur intrinsèque de ce qu'on appelle biens, autorité, gloire, honneur et plaisir. Je crois qu'on est riche, quand on sait modérer ses désirs, qu'on acquiert de la gloire en faisant des actions utiles à l'humanité. Adoucir les mœurs d'un peuple, le rendre susceptible des douceurs de la société, arracher les vices, faire fleurir les vertus, chasser l'ignorance, voilà ce qu'il y a de plus avantageux pour les hommes, voilà par conséquent ce qu'il y a de plus glorieux, et cela est infiniment au-dessus des conquêtes. Gustave délivra son pays de la tyrannie des Danois; Pierre délivra ses sujets de la tyrannie des vices les plus contraires à l'humanité : lequel rendit un plus grand service à la nature ?

MADEM. BONNE.

Assurément ce fut Pierre, je suis de votre sentiment. Faire du bien aux hommes, leur procurer les plus excellens biens, tels que ceux qui accompagnent l'exercice des vertus, c'est en quoi consiste la vraie gloire. La gloire d'un législateur, d'un restaurateur des mœurs, est infiniment plus grande que celle des rois, des conquérans. Si Jésus s'est acquis cette sorte de gloire, son empire est donc plus glorieux que celui des Alexandre, des César, des Gustave, et même de l'empereur des Moscovites, votre héros, et vous n'aurez plus de peine à vérifier en lui toutes les prophéties.

LADY LOUISE.

Je conçois que tout ce que nous appelons gloire, honneur, empire, domination, victoire, est comme de la boue devant Dieu ; auroit-il envoyé son Messie sur la terre, ou, pour me prêter à la façon de penser de Monsieur, voudroit-il envoyer son Fils sur la terre pour procurer aux hommes ces avantages futiles qu'il méprise, et qui sont même au-dessous des vœux d'un philosophe? Cela répugneroit à sa sagesse, puisque cela répugne à ce petit rayon de lumière qu'il m'a donné : il falloit de plus grands desseins à un Dieu pour une œuvre aussi extraordinaire que l'Incarnation.

MADEM. BONNE.

Et il les a eus en effet, ma chère; mais je vous prie de faire une remarque, c'est que Dieu proportionne toujours les moyens à la fin qu'il se propose. Un Messie tel que vous vous le figurez, M. le Rabbin, seroit un moyen insuffisant pour remplir les fins de Dieu dans l'Incarnation : pour vous en convaincre, faites attention, je vous prie, à ce qui suit.

L'homme créé libre pour pratiquer le bien, et par-là mériter la gloire, avoit fait le plus mauvais usage de sa liberté. Le choix qu'il avoit fait du mal avoit dépravé sa volonté, obscurci ses lumières, dépravé son cœur. Il soupiroit après les biens créés, dans lesquels il établissoit sa dernière fin, il oublioit son Créateur pour se rendre esclave des vices que le déréglement de ses passions avoit produits. La face de la terre étoit souillée des iniquités qu'enfante le désir d'avoir, la passion d'être honoré, l'amour du plaisir; ces passions étoient déifiées, et les aveugles mortels offroient à ces dieux, ouvrages de leur corruption autant que de leurs mains, ils leur offroient, dis-je, un encens sacrilége : les forces naturelles de l'homme étoient tellement diminuées, qu'il lui étoit absolument impossible de se tirer de cet état misérable, et de se guérir de sa foiblesse.

BELESPRIT.

Je ne puis m'empêcher de vous interrompre, Mademoiselle : est-ce que cette corruption générale n'avoit pas ses exceptions? Les Lycurgue, les Solon, les Aristide, les Socrate, et tant d'autres, ne s'étoient-ils pas élevés à la pratique des plus sublimes vertus par les seules lumières et les forces naturelles?

MADEM. BONNE.

Non, Monsieur, je suis bien éloignée de penser que les actions vertueuses des païens étoient des vices; mais je ne puis non plus les regarder comme ayant été véritablement vertueux. Chez le plus grand nombre même le motif gâtoit l'action. L'orgueil chez les philosophes subjuguoit certaines passions qui pouvoient leur attirer le mépris des hommes; ils vouloient se distinguer, se faire un nom. Plusieurs de ceux que vous m'avez nommés, ont commis des actes très-contraires aux lumières naturelles; on les accuse même avec quelque fondement, de s'être dédommagés en secret de la contrainte qu'ils s'imposoient en public. Mais supposons que, dans chaque siècle, et chez quelques peuples, une douzaine d'hommes ayent échappé à la corruption générale, quel fruit l'univers tira-t-il de leur vertu? Ces soi-disant sages avoient des disciples; ont-ils changé la face de la terre? Non, ce triomphe n'étoit réservé qu'à Jésus-Christ. Il est ce roi vainqueur, ce conquérant annoncé dans des termes si magnifiques, qui devoit subjuguer le monde, triompher des vices, procurer au monde les seuls biens estimables, les affranchir de la tyrannie de leurs passions. Combien ce dessein étoit-il au-dessus de celui de Pierre-le-Grand!

Combien la gloire de celui qui l'a exécuté surpasse-t-elle la sienne?

LE RABBIN.

Ne pouvoit-il pas changer la face de l'univers en naissant, vivant et mourant d'une manière plus convenable à la majesté de son être? Tous les hommes se fussent soumis à ses lois s'il eût paru comme un roi redoutable.

MADEM. BONNE.

Je vous assure, Monsieur, qu'à en juger selon mes lumières, les moyens qu'il a choisis pour triompher du vice, étoient les seuls qui pouvoient lui faire remporter cette grande victoire. Les contraires se détruisent mutuellement. C'est par l'humilité qu'il faut terrasser l'orgueil. On ne parvient à éteindre la concupiscence que par la mortification du corps. Pour faire comprendre aux hommes le danger des richesses, leur futilité, il falloit leur montrer le maître de toutes les richesses se faisant volontairement pauvre. Pour leur apprendre à se priver des plaisirs criminels, il falloit qu'un Dieu, devenu homme, se dévouât aux souffrances. Plus les moyens que Jésus emploie pour faire sa conquête, paroissent petits et foibles, plus les obstacles qu'il rencontre dans l'accomplissement de ce beau dessein paroissent insurmontables, plus les avantages qu'il procure aux hommes sont grands et inestimables, plus sa gloire est parfaite. Avouez, Monsieur, qu'elle est au-dessus de l'expression, et qu'aux yeux d'un philosophe tel que vous vous êtes annoncé, Jésus remplit parfaitement les grands titres sous lesquels les prophètes l'avoient annoncé.

LE RABBIN.

J'avoue, Mademoiselle, que les biens que procure la vertu sont inestimables; mais les a-t-il réellement procurés aux hommes? Jetez les yeux sur toute la terre; y voyez-vous les vestiges de cette victoire de Jésus dont vous faites tant de bruit?

MADEM. BONNE.

Je pourrois vous répondre qu'il suffiroit que la doctrine de Jésus procurât infailliblement ces avantages à tous ceux qui voudroient s'assujettir à vivre comme elle l'exige; mais cette réponse qui suffiroit pour faire l'éloge du plus parfait législateur, cette réponse, dis-je, ne suffiroit pas pour remplir mes idées par rapport à Jésus. Jetez les yeux encore une fois sur l'état déplorable où les hommes étoient réduits au temps de la naissance de Jésus. L'idolâtrie et les vices qu'elle traîne à sa suite avoient étendu leur règne par toute la terre; Dieu n'étoit connu que dans la Judée, qui, comparée au reste du monde, n'est qu'un point. Comment y étoit-il servi? L'ambition, l'orgueil, l'hypocrisie, l'impiété, infectoient la Judée comme les autres pays. Au temps de sa naissance, les Sadducéens, vrais matérialistes, nioient la résurrection. Les Pharisiens, sous prétexte de leurs longues prières, dévoroient la substance de la veuve et de l'orphelin. Consultez vos historiens, Monsieur, et épargnez-moi le détail des iniquités dont Jérusalem et toute la Judée étoient le théâtre.

Considérez ensuite cet univers quelques années après la mort du Christ; vous y verrez, comme au temps des Machabées, des enfans, des filles tendres et délicates braver la mort et les tourmens les plus cruels, pour conserver la fidélité qu'ils devoient à Dieu. Vous y verrez des avares, devenus saintement prodigues, se dévouer à la pratique des conseils évangéliques, et vendre courageusement leurs biens, pour en distribuer le prix aux pauvres. Vous y verrez des voluptueux devenir chastes, et pour me servir des expressions des prophètes, le lion et l'aspic dépouillés de leur férocité et de leur venin, paître sous la même houlette avec l'innocente brebis et le tendre agneau. Quel triomphe pour Jésus ! quelle victoire ! quelle gloire ! Ce que les grands, les puissans, les monarques eussent vainement tenté à la tête des armées, Jésus l'exécute seul, sans puissance extérieure, par la seule force de sa grâce et de ses préceptes soutenus de son exemple. Je ne puis assez le répéter, Monsieur, quel triomphe !

BELESPRIT.

Toute l'ignominie, toute la bassesse de la vie et de la mort de Jésus disparoissent à mes yeux à ce récit : je n'y vois plus que sagesse, grandeur, puissance. Est-il possible que j'aie conservé si long-temps le voile funeste qui me déroboit la connoissance de ces magnifiques vérités?

LE RABBIN.

Mademoiselle, joignez ce triomphe de votre Messie à celui qu'il a remporté sur le monde: si vous connoissiez Monsieur comme moi, vous conviendriez qu'il n'étoit pas un des plus faciles, je vous en donne ma parole.

MADEM. BONNE.

J'espère bientôt y en joindre un autre. Je vous crois honnête homme, Monsieur, et je n'attribue qu'au malheur de votre naissance l'erreur dans laquelle vous avez vécu jusqu'à présent. Un homme d'honneur ne rougit pas d'avouer une erreur reconnue; un homme de bon sens ne peut résister à la vérité démontrée. Tirez de cela la conclusion, Monsieur.

LE RABBIN.

Vous me faites trop d'honneur, Mademoiselle, et peut-être plus que je ne mérite. Je me pique d'être tout ce que vous supposez du côté de la probité;

pour ce qui est du bon sens, on m'a flatté jusqu'à ce jour de l'avoir pris pour règle de ma conduite, et il est certain que je ne voudrois pas commencer dans cette occasion à résister à la vérité si.... Restons-en là, s'il vous plaît, et continuez à nous exposer vos preuves.

MADEM. BONNE.

Il faut pour cela, Monsieur, vous faire voir en Jésus l'accomplissement de toutes les prophéties. Comme il étoit de la dernière conséquence que les hommes ne pussent se méprendre sur un fait si important, Dieu, ainsi que nous l'avons dit, avoit fixé le temps de la venue du Messie. Mais miss Dorothée a omis le commencement de la prophétie de Daniel, et je vais vous le rappeler. *Dieu a abrégé et fixé le temps à soixante et dix semaines, en faveur de votre peuple et de votre ville sainte, afin que ces prévarications soient abolies, que le péché trouve sa fin, que l'iniquité soit effacée, que la justice éternelle vienne sur la terre, que les visions et les prophéties soient accomplies, et que le Saint des Saints soit oint de l'huile sacrée.*

Miss SOPHIE.

Est-ce que le Messie est venu au monde après soixante et dix semaines du temps où l'on a rebâti le temple?

Madem. BONNE.

Le mot de semaine a deux significations dans l'Ecriture: c'est quelquefois une semaine composée de sept jours, et d'autres fois une semaine de sept années, et cette manière de compter étoit connue chez les Juifs; or, Jésus est né précisément après soixante et dix semaines d'années. Remarquez, s'il vous plaît, toutes les paroles de cette prophétie. Le Christ, l'envoyé de Dieu, vient abolir les prévarications, mettre fin au péché, effacer l'iniquité: il vient accomplir les visions et les prophéties. Quelle est celui qui doit accomplir toutes ces choses? C'est la justice éternelle, le Saint des Saints. Vous avez vu que c'est Jésus qui a changé la face de la terre, que lui seul a triomphé de l'idolâtrie, qu'il a enseigné aux hommes à pratiquer les vertus les plus héroïques par son exemple et par ses discours ; qu'il leur avoit promis la force nécessaire pour pratiquer ce qu'il leur avoit enseigné ; qu'ils l'ont eue, puisqu'ils ont vécu dans l'observation de ses préceptes, et qu'un grand nombre sont morts plutôt que de les violer. Cette prophétie sert donc à nous faire connoître non-seulement le temps de la naissance du Messie, mais encore ce que sera ce Messie. S'il est la sagesse éternelle et le Saint des Saints, il est Dieu en dépit des Ariens et des Juifs, car ces dénominations n'appartiennent qu'à Dieu. Cette sagesse éternelle doit mourir ; elle a donc pris une nature mortelle : voilà le mystère de l'Incarnation, annoncé d'une manière si claire, qu'il faut fermer volontairement les yeux pour ne pas voir les deux natures réunies en Jésus.

LE RABBIN.

Dites, s'il vous plaît, le Messie et non pas Jésus : ce passage ne m'apprend point du tout que Jésus soit ce Messie promis.

MADEM. BONNE.

Il nous apprend, Monsieur, que ce

sera après la mort de ce Messie, Dieu et homme tout ensemble, que les hosties et les sacrifices seront abolis; que le peuple qui l'aura rejeté ne sera plus son peuple; qu'un peuple étranger viendra détruire le temple et la ville de Jérusalem; que l'abomination de la désolation sera dans ce lieu saint. Remarquez la date de cet événement : la mort du Christ est le premier, les autres en sont la suite. Ces autres ont eu leur accomplissement; donc le fait qui les devoit précéder est passé.

Un prophète ou un homme, qui se donne pour tel, vient nous annoncer que l'Angleterre doit posséder la monarchie universelle après être devenue république. Si les Anglais devenoient monarques de l'univers, ce ne pourroit être en conséquence de la prophétie, qu'autant qu'ils auroient commencé à être républicains. Si la première de ces deux choses avoient manqué, on auroit droit de dire que le prophète étoit un imposteur : ces deux événemens sont liés par la prédiction; le second ne doit s'accomplir qu'après le premier.

Choisissez donc, Monsieur, ou de mettre Daniel au rang des imposteurs, ou d'avouer que le Christ est venu.

LE RABBIN.

Je me rappelle le passage allégué; il n'est pas actuellement dans nos livres tel que vous l'avez répété.

MADEM. BONNE.

Vous êtes un vrai Israélite, Monsieur, le mensonge ne peut sortir de votre bouche. Le mot *actuellement* met la vérité à couvert. Je conviens que la prophétie de Daniel et plusieurs autres sont ou effacées ou falsifiées dans les livres que vous avez à présent, mais ils y ont subsisté long-temps. C'est sur l'Écriture telle qu'elle est entre vos mains que nos livres ont été copiés; ces livres ont toujours été publics, et pendant une longue suite de siècles vos docteurs ne nous ont jamais accusés de les avoir falsifiés.

LE RABBIN.

Je n'insiste pas sur cet article, Mademoiselle, je n'ai jamais approfondi cette matière pour en parler en critique judicieux, et je ne veux pas abuser de l'ignorance où vous êtes des langues mortes dans lesquelles ces ouvrages sont écrits.

LADY LOUISE.

Comment, Monsieur, vous êtes maître en Israël, et vous ignorez ces choses !

LE RABBIN.

Soyez généreuse, Madame, et n'abusez pas de mon aveu. On seroit sans doute fort heureux si on n'avoit d'autre occupation que celle de méditer la loi du Seigneur : l'oppression dans laquelle nous vivons parmi les nations, nous met dans la triste nécessité de partager notre temps entre le ciel et la terre. Forcés de nous faire un état par notre industrie, il nous reste bien peu de temps pour une étude sérieuse.

LADY LOUISE.

A Dieu ne plaise que je cherche à abuser de l'aveu, ou plutôt des aveux que vous avez faits, sans compter ceux que j'espère que vous ferez encore ! J'ai de l'humanité, et toutes les créatures me sont chères : je vous dirai même avec franchise que j'ai trouvé parmi vous plusieurs personnes dignes de mon estime ; mais en même temps, soit dit sans vous offenser, le nombre en est petit, et la multitude semble prendre à tâche de mériter la haîne générale qu'on leur porte : je crois que vous en conviendrez avec moi.

LE RABBIN.

Je n'entreprendrai point, Madame, de justifier la conduite de plusieurs d'entre nous ; cependant je puis vous assurer à bien des égards que nos défauts ne méritent pas la haîne qu'on leur porte : on les voit à travers le microscope de la haîne et de la prévention ; cela grossit furieusement les objets.

MISS DOROTHÉE.

Vous me faites faire une réflexion, Monsieur. Depuis quatre années je travaille sans relâche à détruire en moi les préjugés, c'est-à-dire à ne conserver aucune opinion, à moins qu'elle n'ait un fondement raisonnable : il en est un qui m'est échappé. C'est la haîne, ou plutôt le dégoût que je me sens pour votre nation, dégoût que je partage avec le public; il n'est point motivé, donc il n'est point raisonnable.

MADEM. BONNE.

Permettez-moi de vous le dire, Monsieur; cette haîne générale et qui n'a point de motif, est une suite des menaces de Dieu à l'égard de votre peuple. Dispersés par toute la terre, persécutés, haïs, méprisés, accablés d'impôts, sans ville, sans temple, sans magistrat, sans souverain, vous éprouvez cette malédiction prédite par le prophète Daniel, et les menaces de Moïse mourant, ou du moins prenant congé des Israélites. L'esprit le moins sujet aux préjugés est entraîné par la haîne publique; c'est un torrent auquel on ne peut résister: il faut réfléchir pour distinguer un certain nombre d'honnêtes gens qui sont parmi vous. Ce sentiment n'est pas naturel. Cherchez-en l'origine dans une disposition particulière de la Providence, qui veut encore, après tant de siècles, punir le crime de vos pères.

MISS DOROTHÉE.

J'ai relu depuis huit jours la sainte

Bible, et j'ai été frappée d'une chose, c'est du soin que Dieu prend, pour ainsi dire, de rassurer vos pères contre le désespoir, par la promesse d'un pardon qui ne leur sera jamais refusé sitôt qu'ils retourneront à lui de tout leur cœur; ces promesses sont répétées non-seulement à chaque page, mais plusieurs fois dans une même page. Ce que Dieu leur promit il le leur a tenu. On ne peut rien ajouter aux crimes dont ils se rendirent coupables avant leur transmigration à Babylone. Les prophètes en font une peinture qui effraye. Ils adoroient les idoles et sacrifioient leurs enfans aux dieux de leurs voisins. Cependant ces crimes énormes ne purent leur fermer l'accès au trône de la miséricorde de Dieu : ils crient à peine vers lui, qu'ils sont exaucés. D'où vient Dieu a-t-il changé de conduite à leur égard ? Depuis près de dix-huit siècles ils gémissent sous l'oppression la plus dure, et cette oppression n'a point été précédée par l'idolâtrie : on avoit détruit les idoles et les lieux hauts dans toute la Judée; le temple du Seigneur étoit fréquenté, ses autels fumoient de l'encens qu'on y brûloit sans cesse. Cependant Dieu paroît sourd aux cris de ceux auxquels il avoit promis sa miséricorde, qu'il avoit choisis pour son peuple, jusqu'au moment prédit où un autre peuple remplaceroit les Juifs. Quelle est l'époque de cet abandon? Le temps de la mort de Jésus. Ce fut un peu de temps après, que l'abomination fut mise dans le temple, et cette désolation n'a point fini depuis un si grand nombre d'années. Encore une fois, quel crime les Juifs ont-ils commis pour mériter un châtiment si terrible, et qui dure depuis tant de siècles? Si Jésus n'étoit pas le Messie, il étoit un imposteur: ils ont obéi au Seigneur en s'efforçant d'effacer son nom de dessus la terre. Ah! n'en doutons point, il étoit le désiré des nations. La conduite de Dieu se dévoile, les oracles sacrés sont justifiés, leur déicide mérite qu'ils aient été rejetés sans retour.

LE RABBIN.

En supposant que Jésus fût réellement le Messie, ce n'est pas en cette qualité que nos pères l'ont crucifié; ils le croyoient un imposteur, cela les justifie; si j'en croyois les Evangélistes,

Jésus même reconnut cette vérité sur la croix ; en priant pour eux il dit : mon père, pardonnez-leur, car ils ne savent ce qu'ils font. Un péché d'ignorance ne pourroit être puni si rigoureusement.

MADEM. BONNE.

Assurément ils ne savoient pas que Jésus étoit le Messie, et pourtant n'en étoient pas moins coupables, parce qu'ils avoient volontairement fermé les yeux au témoignage que les Ecritures lui rendoient. Toute la nation, plongée dans l'indifférence des choses de Dieu, ne fait pas la moindre démarche pour vérifier la naissance du roi qui leur étoit promis, et que les mages venoient leur annoncer de si loin. Le saint vieillard Siméon parle publiquement de sa venue aussi bien que la prophétesse Anne ; tous les deux sont écoutés d'un grand nombre de personnes ; il n'y en a que quelques-uns qui ajoutent foi à leur parole, et ce sont ceux qui attendoient la rédemption d'Israël : les autres ferment les oreilles à ce témoignage. Le précurseur Saint-Jean attire au bord du Jourdain une multitude de toute espèce ; on étoit si persuadé à Jérusalem que le temps de la venue du

Messie étoit arrivé, qu'on députa vers lui pour savoir s'il étoit le Christ : il rendit témoignage à la vérité, et ne fut cru que de peu de personnes.

LADY LOUISE.

Voilà un de mes étonnemens, ma Bonne. On pourroit croire que ce furent les savans, les docteurs de la loi qui crurent au témoignage de Saint-Jean ; ils avoient la clef de la science et pouvoient plus aisément que les autres confronter les événemens présens avec ce qui étoit prédit. Il n'y eut pas un seul de ceux-là. Quelques hommes simples et ignorans, mais dont les cœurs étoient droits et les mœurs pures, reçoivent le témoignage de Jean que les savans rejettent.

MADEM. BONNE.

C'est un grand encouragement pour nous autres simples femmes. Les grands et les lettrés du peuple Juif ne se montreront pas plus dociles à la vue des miracles de Jésus : l'envie, la jalousie, l'hypocrisie ont mis sur leurs yeux un voile d'airain que rien ne peut briser. Remarquez qu'ils ne mettent point en doute la vérité des miracles opérés par Jésus : ils sont réels selon eux, mais il les opère par la puissance de Beelsébut. Jésus leur rappelle leurs prophéties, leur fait voir qu'ils les accomplissent en sa personne : ils ne veulent rien écouter, et par leur malice obstinée ils s'acheminèrent au déicide ; non qu'ils crussent condamner le Christ, mais au moins ils connoissoient très-distinctement qu'ils faisoient périr un innocent. Enfin sa mort eût dû leur ouvrir les yeux. Les bourreaux, témoins des prodiges dont elle avoit été accompagnée, s'en retournèrent en frappant leur poitrine, et les Scribes et les Pharisiens qui avoient poussé la barbarie jusqu'à insulter à leur ennemi mourant, ne descendent du Calvaire que pour consommer leur malice, en demandant qu'on mît des gardes à son tombeau.

LE RABBIN.

Cette démarche les justifie : ils le croyoient un imposteur et n'avoient garde de penser qu'il dût ressusciter ; sans quoi la précaution qu'ils prirent étoit inutile et même ridicule.

MADEM. BONNE.

Je vous le répète, Monsieur, l'ignorance volontaire ne peut justifier : la leur l'étoit assurément. Toutes les circonstances de la mort du Messie avoient été prédites : ils n'avoient qu'à se les rappeler ou se donner la peine de les lire.

MISS BELOTTE.

Voulez-vous bien, ma Bonne, nous faire part de ces prophéties ? Je les ignore absolument.

MADEM. BONNE.

C'est que vous n'avez jamais lu avec attention la passion de Jésus. Miss Dorothée, rappelez-nous ces prophéties.

MISS DOROTHÉE.

La trahison de Judas étoit ainsi prédite : *Celui qui mange avec moi levera le pied contre moi.* Voici ce qui avoit été dit par rapport à l'entrée triomphante de Jésus dans Jérusalem quelques jours avant sa mort :

Ne craignez point, filles de Sion ; voici votre roi qui vient à vous, monté sur une ânesse, et sur l'ânon de celle qui est sous le joug.

Le prophète Jérémie avoit déclaré le prix qu'on donneroit à Judas pour sa trahison, et l'emploi qu'on feroit de cet argent. Ecoutez-le :

Ils ont reçu les trente pièces d'argent qui étoient le prix de celui qui a été mis à prix, et dont ils avoient fait le marché avec les enfans d'Israël ; et ils les ont données pour en acheter le champ d'un potier, comme le Seigneur me l'a commandé.

Il n'y a pas jusqu'à la manière dont les vêtemens du Sauveur devoient être partagés, qui n'ait été prédite. *Ils ont partagé mes vêtemens et ils ont jeté ma robe au sort.* Outre les prophéties, le Saint-Esprit avoit aussi prédit par des figures plusieurs des circonstances de la mort de Jésus: *Vous ne briserez aucun des os de l'Agneau pascal.* Les soldats, qui selon l'usage cassèrent les jambes aux deux voleurs qui avoient été crucifiés avec Jésus, accomplirent cette prophétie sans le savoir ; car, voyant qu'il étoit mort, ils ne touchèrent point à ses jambes, et se contentèrent de lui percer le côté avec une lance, pour vérifier ces paroles : *Ils verront celui qu'ils ont percé.*

MADEM. BONNE.

J'ai promis de suppléer à votre mémoire, ma chère, et, pour tenir ma parole, je répéterai ce que dit Isaïe sur toute la vie de Jésus :

Une Vierge concevra, et elle enfantera un Fils qui sera appelé Emmanuel. Un petit enfant nous est né, un fils nous a été donné. Il sortira un rejeton de la tige de Jessé, et une fleur sortira de sa racine, et... Il viendra un roi dans la maison de David; son trône s'établira dans la miséricorde, et s'y asseiera dans la vérité.

Le même prophète dit : *J'ai abandonné mon corps à ceux qui me frappoient, et mes joues à ceux qui m'arrachoient le poil de la barbe : je n'ai point détourné mon visage de ceux qui me couvroient d'injures et de crachats.*

Il dit encore : *Il est sans beauté, sans éclat; nous l'avons vu, il n'avoit rien qui attirât l'œil, et nous l'avons méconnu; il nous a paru un objet de mépris et le dernier des hommes; un homme de douleurs, qui sait ce que c'est que de souffrir. Son visage étoit comme caché, il paroissoit méprisable, et nous l'avons méconnu. Il a pris véritablement nos langueurs sur lui, il s'est chargé lui-même de nos douleurs. Nous l'avons considéré comme un lépreux, comme un homme frappé de Dieu et humilié, et cependant il a été percé de plaies pour nos iniquités. Il a été brisé pour nos crimes. Le châtiment qui devoit nous procurer la paix, est tombé sur lui.*

Il faudroit, Mesdames, copier tout Isaïe pour dire toutes les prophéties qui ont rapport à Jésus. Celles-ci doivent nous suffire.

LE RABBIN.

Mais, Mademoiselle, vous parlez toujours d'une supposition, c'est que les prophètes avoient Jésus en vue, et c'est ce dont nous ne convenons pas.

MADEM. BONNE.

Trouvez-moi un autre à qui toutes ces prophéties puissent être appliquées, Monsieur, et je me rendrai à votre sentiment. Considérez quels sont les caractères sous lesquels le Messie nous est présenté, et vous comprendrez que ces plaies, ces douleurs et ces crachats sont incompatibles avec ce royaume et cette splendeur temporelle dans laquelle vous attendez le Messie. Il régnera; mais comment? Son royaume sera spirituel, toutes les nations lui seront données pour héritage. Pourquoi? C'est qu'il a été livré à la mort. Ecoutez, pour finir ce qui regarde les prophéties, celle par laquelle Isaïe a terminé les siennes:

J'éleverai un étendard parmi eux, et j'enverraï ceux d'entr'eux qui auront été sauvés vers les nations, dans les mers, dans l'Afrique, dans la Lydie, chez les peuples armés de flèches, dans l'Italie, dans la Grèce, dans les îles les plus reculées, vers ceux qui n'ont jamais entendu parler de Moïse, qui n'ont point vu ma gloire. Ils annonceront ma gloire aux gentils, et ils feront venir tous vos frères de toutes les nations comme un présent pour le Seigneur, sur des chevaux, sur des chars, sur des litières, sur des mulets et sur des charriots, à ma sainte montagne de Jérusalem, dit le Seigneur, comme lorsque les enfans d'Israël portent des présens au temple de Dieu dans un vase pur; j'en choisirai plusieurs d'entr'eux pour les faire prêtres et lévites, dit le Seigneur, car comme les cieux nouveaux et la terre nouvelle que je vais créer, subsisteront toujours devant moi, dit le Seigneur, ainsi votre nom et votre race subsisteront éternellement; et les fêtes des premiers jours des mois se changeront en d'autres fêtes, et les sabbats en d'autres sabbats; et toute chair viendra se prosterner devant moi et m'adorer, dit le Seigneur.

MISS BELOTTE.

Il faut que je sois bien stupide, ma Bonne; je ne comprends point du tout cette prophétie, ni le rapport qu'elle a à Jésus.

MADEM. BONNE.

Cela m'étonne, ma chère. Ne voyez-vous pas que l'abrogation de la loi ancienne et la publication de la loi nouvelle y sont si clairement énoncées, qu'il n'est pas possible de s'y méprendre. Qu'en pensez-vous, lady Violente ?

LADY VIOLENTE.

J'y vois d'abord un apostolat prédit, c'est-à-dire une mission vers tous les endroits de la terre. Je remarque que cet événement doit suivre la mort du Messie. Dieu élevera l'étendard de la croix pour être porté, à qui ? aux Juifs ? Non : *vers ceux*, dit Dieu par le prophète, *qui ne se mettoient point en peine de me connoître : ils viendront vers moi. Ceux qui ne me cherchoient point m'ont trouvé. J'ai dit à une nation qui ne m'invoquoit point auparavant : Me voici, me voici.*

MISS BELOTTE.

Assurément j'avois été distraite, il est clair comme le jour que c'est aux païens que ces nouveaux apôtres devoient être envoyés : ils ont porté la connoissance de Dieu à ceux qui ne le cherchoient pas, cela est clair. Continuez, je vous prie.

LADY VIOLENTE.

J'ai étendu mes mains pendant tout

le jour vers un peuple incrédule qui marche dans une voie qui n'est pas bonne à suivre, en suivant leurs pensées; vers un peuple qui fait sans cesse devant mes yeux ce qui n'est propre qu'à m'irriter, qui immole des hosties dans les jardins, et qui sacrifie sur des autels de brique.

Certainement ces paroles ne peuvent s'appliquer qu'aux païens, vers qui les apôtres ont été envoyés par celui qui, sur la croix, a étendu les mains vers ces peuples qui font des autels de brique, ce qui étoit défendu aux Juifs.

MADEM. BONNE.

Et vous, miss Dorothée, que remarquez-vous dans les paroles d'Isaïe?

MISS DOROTHÉE.

Des prêtres et des lévites pris parmi les nations infidèles, de nouvelles fêtes, un nouveau sabbat à la place de celui que Dieu avoit établi lui-même.

Vous savez bien, Mesdames, qu'un des principaux points de la loi cérémoniale de Moïse étoit le choix des ministres des autels dans la famille de Lévi: on ne pouvoit sans sacrilége, je ne dis pas choisir des païens pour ce ministère ; mais même les Juifs d'une autre tribu ne devoient pas y être admis. On ne pouvoit pas non plus abattre les fêtes et les sabbats sans un ordre exprès du Dieu qui les avoit ordonnés ; et cet ordre, il l'annonce dans Isaïe. Cette loi nouvelle doit abroger l'ancienne, et ne lui laisser aucune vigueur dans tout ce qui n'est point la loi naturelle, c'est-à-dire les dix préceptes du Décalogue. Or, nous voyons clairement l'accomplissement de cette prophétie. Le sacerdoce a été ouvert à toutes les nations, le sabbat changé au dimanche, et il n'est pas possible de donner une autre application à ce passage d'Isaïe.

LE RABBIN.

Nous ne savons que trop que la loi de Dieu est abrogée par toute la terre, excepté parmi nous ; mais comment nous prouvera-t-on que cela est agréable à Dieu et qu'il l'a voulu ? Ne pouvons-nous pas dire qu'il l'a permis, seulement comme il permet les autres crimes ?

MADEM. BONNE.

Le prophète semble avoir prévu votre

objection, Monsieur. Les nations dispersées, réunies sous une loi nouvelle, ces nouveaux prêtres, ces fêtes nouvelles seront agréables aux yeux de Dieu, comme des présens portés au temple dans un vase pur. Ce que nous venons de dire suffit-il, Monsieur? Etes-vous content? Avez-vous trouvé dans les applications des prophéties à Jésus-Christ quelque chose qui vous répugne? Vous reste-t-il encore des difficultés?

LE RABBIN.

La chose est assez importante pour prendre du temps afin de l'examiner à fond : j'ai besoin de vérifier sur l'hébreu les prophéties énoncées ; si elles sont telles que vous les avez citées, j'avoue que cela fait un fort préjugé en faveur de la religion chrétienne.

MADEM. BONNE.

Et ce n'est encore qu'une partie des preuves que j'ai à vous alléguer en faveur de la divine mission de Jésus. Nous allons examiner à présent les prédictions qu'il a faites lui-même, et ensuite nous examinerons ses miracles.

MISS SOPHIE.

Est-ce que Jésus a fait aussi des prophéties? Où les trouve-t-on, ma Bonne? Je ne les ai jamais lues.

MADEM. BONNE.

Eh! mon Dieu, ma chère, vous me faites rougir de honte pour vous avec votre question. Ne vous souvenez-vous plus que les apôtres, admirant la solide structure du temple de Jérusalem, Jésus leur prédit que de cet édifice superbe il ne resteroit pas pierre sur pierre?

MISS SOPHIE.

Hélas! ma Bonne, j'ai vraiment appris cela en petite fille, sans y réfléchir, et à ce moment que j'y pense, cette prophétie me paroît décisive.

MADEM. BONNE.

Elle est d'une telle conséquence, que Julien l'Apostat se flattoit de parvenir à renverser le christianisme de fond en comble, s'il pouvoit parvenir à y donner atteinte en rebâtissant ce temple.

LADY LOUISE.

J'ai beaucoup entendu parler de ce Julien l'Apostat, et je ne le connois pas.

Voudriez-vous nous en faire l'histoire, ma Bonne ?

MADEM. BONNE.

J'aurai bien de la peine, ma chère ; je n'ai pas ici cette histoire ni les autres ouvrages de Julien l'Apostat, que j'ai lus il y a long-tems : ainsi je crains d'avoir oublié les noms, et de n'être pas fort exacte ; je me la rappellerai du mieux que je pourrai.

Abrégé de la Vie de Julien, surnommé l'Apostat.

Julien, autant que je me rappelle, étoit neveu de Constantin, premier empereur chrétien. Ce prince étant mort, un de ses frères monta sur le trône ; je crois, sans en être sûre, qu'il se nommoit Valens. Quoi qu'il en soit de son nom, il est sûr qu'il étoit arien, et nioit, comme ceux de cette secte, la divinité de Jésus-Christ. Il fit périr le père de Julien : il est vrai qu'il profita pour cela d'un temps de trouble, et affecta de pleurer son frère par la suite. Ce fut cette hypocrisie de Valens, qui sauva la vie à Julien et à un de ses frères, dans un âge qui touchoit à la première enfance. Valens voulant diminuer aux yeux du peuple l'odieux que son fratricide avoit jeté sur lui, usa, contre son inclination, de clémence envers ses neveux. Le zèle de quelques ecclésiastiques les avoit dérobés au péril en les cachant soigneusement pendant les troubles; et lorsqu'on crut le danger passé, on les tira de leur asyle. Valens prit les plus grandes précautions pour empêcher que ces enfans ne pensassent un jour à venger la mort de leur père; et une de celles qu'il crut la plus efficace, fut de les tenir dans l'obscurité. Leur éducation fut confiée à un évêque arien, qui eut ordre de les traiter durement; ce qui augmenta l'horreur que Julien avoit conçue contre ce destructeur de sa famille, horreur qui rejaillit sur la religion qu'il professoit. D'ailleurs, un arien n'étoit guères propre à lui donner une idée avantageuse de cette religion: Julien avoit trop d'esprit pour ne pas sentir les contradictions où son maître tomboit nécessairement, en voulant en même temps soutenir la vérité de la religion chrétienne et nier la divinité de Jésus-Christ. Dès-lors il crut cette religion fausse, et forma dans son cœur la résolution de retourner au paganisme, si jamais il se voyoit maître de ses actions. Il falloit cacher soigneusement cette disposition : il y alloit de sa vie ; son oncle ne demandoit qu'un prétexte pour le faire périr, et eût saisi celui-là. Pour mieux déguiser le fond de son ame, Julien affecta beaucoup de piété ; et son goût décidé pour l'étude fit juger qu'il embrasseroit l'état ecclésiastique qui étoit, s'il m'en souvient bien, celui auquel son oncle le destinoit Il faut vous faire, Mesdames, le portrait de Julien ; j'ai oublié ses traits, mais je sais qu'il s'habilloit fort mal ; qu'à la manière des philosophes, il avoit une longue barbe fort négligée, un manteau de pédant, en un mot, rien dans son extérieur capable de soutenir la majesté de son rang, même quand il fût devenu empereur. Il avoit beaucoup d'esprit, mais c'étoit un esprit inquiet, turbulent, ce qui se décéloit par ses mouvemens extérieurs. Il parloit haut, rioit inconsidérément, tournoit indécemment la tête, remuoit sans cesse les bras et les jambes. Deux grands personnages (je crois que c'est saint Grégoire de Nazianze et saint Basile) étudioient avec lui à Athènes, et décidèrent, par l'inspection attentive de son extérieur, que l'Eglise nourrissoit dans son sein, en la personne de cet écolier, un monstre qui la déchireroit un jour. Comme il s'en falloit de beaucoup que le paganisme ne fût entièrement détruit, il y avoit encore un bon nombre de philosophes païens qui avoient une grande réputation : Julien eût bien souhaité pouvoir prendre de leurs leçons : on s'y opposa trop ouvertement, et par là on parvint à augmenter dans cet esprit ardent la passion qu'il avoit de les connoître. Quelque contraint et obsédé qu'il fût, il réussit pourtant à les voir en secret ; et avec les dispositions qu'il avoit, il ne leur fut pas difficile de l'empoisonner de leurs opinions. Son frère ayant été choisi par l'empereur pour être son collègue à l'empire, Julien fut envoyé dans les Gaules avec une grande autorité en apparence, mais dans un esclavage réel, puisqu'il avoit des espions qui observoient toutes ses démarches, et qui en rendoient compte à l'empereur. Au bout de quelques années, son frère mourut, et l'on attribua, je pense, sa mort au poison. Ce qu'il avoit à craindre de son oncle le détermina sans doute à profiter de la bonne volonté des soldats qui le forcèrent de partager la souveraine puissance sans sortir de son département. Devenu maître absolu de l'empire par la mort de son oncle, il leva le masque, et parut n'avoir rien tant à cœur que d'anéantir le nom de Jésus de dessus la face de la terre. Il commença par interdire aux Chrétiens le gouvernement des écoles et des chaires de philosophie, persuadé que le grand moyen d'établir une opinion est de s'emparer des premières années des enfans. Il essaya ensuite, par caresses, de détacher de la religion ceux qui approchoient de sa personne; et voyant que ses artifices n'avoient pas tout l'effet qu'il s'en étoit promis, il chercha avec ardeur un moyen décisif de détruire le christianisme de manière qu'il ne pût se relever. Effectivement, il en trouva un qui auroit rempli ses vues, s'il eût été au pouvoir de l'homme de l'exécuter.

Rien de plus clair, dans les saintes Ecritures, que les châtimens dont les Juifs étoient menacés pour le déicide qu'ils commettoient en la personne de Jésus. Ils devoient être dispersés, errans, haïs, persécutés, sans villes, sans temple, sans sacrifices; et cette désolation devoit durer jusqu'à la fin. Jésus avoit confirmé ces effrayantes prophéties; et, s'il étoit Dieu, rien ne pouvoit arrêter l'effet de ses prédictions. Julien entreprit de les anéantir en rendant aux Juifs leur ville, leur temple, et la terre dont Dieu avoit donné la possession à leurs aïeux. Il fit donc publier un édit par lequel il invitoit tous les Juifs à se rendre dans la Judée, offrant de faire rebâtir le temple de Jérusalem. Vous pensez bien qu'ils y coururent en foule, et l'on jeta les fondemens du temple; mais à peine commençoient-ils à s'élever, que des feux sortis de ces mêmes fondemens les détruisirent : ce prodige fut renouvelé plusieurs fois; et après plusieurs autres tentatives aussi inutiles que la première, il fallut abandonner l'entreprise.

Miss DOROTHÉE.

Mais comment est-ce que Julien ne se convertit pas en voyant un tel prodige? Il falloit qu'il fût bien obstiné !

Madem. BONNE.

Les miracles convertissent bien peu de personnes , ma chère : on compte ceux qu'ils ont changés, et on ne peut nombrer la multitude de ceux qu'ils laissent insensibles. Julien résista à ce miracle, et mourut dans la guerre qu'il fit aux Perses. Ce prince avoit de bonnes mœurs et reprochoit souvent aux païens la licence de leur vie en leur citant l'exemple de la vie pure que menoient les ministres du saint Evangile. Il étoit persuadé que cette sainteté de mœurs contribuoit beaucoup à la propagation de la religion chrétienne, et il eût bien voulu en donner le goût aux païens. Il échoua dans cette entreprise aussi impossible que la réédification du temple de Jérusalem. Tous ceux qui se disent chrétiens ne sont pas des saints, mais tous les saints ont été chrétiens, et il n'y a que cette religion qui puisse conduire à la sainteté.

Adieu, Mesdames. Nous parlerons la première fois de nouvelles preuves de la divinité de Jésus, tirées de sa vie, de sa mort, de sa résurrection, et de la publication de son Evangile.

TROISIÈME JOURNÉE.

MADEM. BONNE.

Avant d'entrer, Mesdames, dans l'exposition des miracles et des prophéties de Jésus, et sur-tout des prodiges qui ont accompagné l'établissement de la religion chrétienne, rappelez-vous, s'il vous plaît, que saint Luc qui, outre son Evangile, a écrit les Actes des Apôtres, ne les a pas écrits sur des ouï-dire, mais sur le témoignage de ses propres yeux; qu'il a écrit dans un temps où les témoins des faits qu'il annonçoit étoient vivans et en état de le démentir, s'il se fût écarté de la vérité; que les faits dont il nous rend compte ne sont point de ces choses qui se soient passées dans l'obscurité, devant un petit nombre de témoins, ou en présence de personnes peu considérables. La prédiction de saint Pierre, et la descente du Saint-Esprit qui l'avoit précédée, ont eu plusieurs milliers de témoins. Le fameux procès de saint Paul fut plaidé devant le roi Agrippa et la reine Bérénice. L'écrit de saint Luc n'a point été contredit ; donc la vérité de son histoire ne peut être contestée. Lady Violente peut-elle se rappeler quelques-unes des prophéties de Jésus ?

LADY VIOLENTE.

Oui, ma Bonne. Il avoit prédit sa mort et ses ignominies aux apôtres, aux pharisiens et au peuple assemblé.

MADEM. BONNE.

Cela est bien général, ma chère ; entrez, je vous prie, dans un plus grand détail.

LADY VIOLENTE.

Il dit à ses disciples : *Quand je serai élevé de terre, j'attirerai toutes choses à moi.* Il leur répète plusieurs fois qu'il falloit que le fils de l'homme mourût pour entrer dans sa gloire. Il parla d'une manière si claire, après sa transfiguration, de ses souffrances et de ses ignominies, que saint Pierre en fut scandalisé et l'en reprit. Dans la parabole des vignerons qui tuèrent le fils du père de famille qu'il leur avoit envoyé, il annonça aux pharisiens qu'il n'ignoroit pas le sort qu'ils lui destinoient, et ils le comprirent parfaitement. Enfin, lorsqu'il revint à Jérusalem, peu de jours avant la Pâque, il dit qu'il retournoit en cette ville pour être livré à ses ennemis. Il connoissoit celui qui le trahissoit, le lieu où il devoit être pris; et, quelques momens avant l'arrivée de Judas dans le jardin, il dit aux trois apôtres qui étoient endormis : *levez-vous, celui qui doit me trahir est près d'ici.* Non-seulement il prédit sa mort, mais il annonça aussi sa résurrection de la manière la plus publique.

MADEM. BONNE.

Lady Louise, je vous prie de nous dire ce que vous appercevez dans ces prophéties de notre divin Sauveur.

LADY LOUISE.

J'apperçois un homme qui se destine à la mort, qui meurt volontairement, avec joie ; qui, en possession d'en imposer à toute la nature, de commander à la mort et aux élémens qui lui sont soumis, dédaigne de faire aucun prodige pour se sauver. Il y a plus : Jésus n'avoit pas besoin de recourir au miracle pour conserver sa vie, il en avoit un moyen bien naturel : il n'avoit qu'à ne point retourner à Jérusalem, sortir même de la Judée, les païens lui auroient dressé des autels, s'il avoit opéré chez eux la moitié des miracles qu'il avoit faits parmi les Juifs. Il ne fait aucune de ces choses, il veut mourir, et cela à la fleur de ses années, dans un âge où l'on connoît le prix de la vie, et où l'on peut espérer d'en jouir longtemps.

LADY VIOLENTE.

Assurément on ne peut douter que Jésus ne se soit dévoué volontairement à la mort ; mais n'avons-nous pas vu des païens qui l'ont fait ?

MADEM. BONNE.

Oui, dans des momens d'enthousiasme, et soutenus par l'espoir d'un honneur éternel. Ils savoient que leur mort étoit glorieuse, et qu'on la regardoit comme le dernier degré de l'héroïsme. Ils consentoient à mourir d'une mort prompte en qualité d'innocens ; l'eussent-ils fait s'il eût fallu passer pour infâmes en subissant une mort ignominieuse et cruelle en qualité de coupables ? Coriolan, Camille, virent échouer leur vertu contre la honte d'un exil qui avoit l'air d'un châtiment, quoiqu'ils sussent, à n'en pouvoir douter, que la plus saine partie de la nation étoit persuadée de leur innocence. Jésus souffre la mort la plus douloureuse et la plus honteuse ; c'étoit le supplice des voleurs qu'il subit ; et il le souffre en qualité d'impie, de blasphémateur, de perturbateur du repos public, d'imposteur, d'hypocrite. Quel courage ! Y a-t-il lieu à faire comparaison entre sa mort et celle des païens qui s'y sont dévoués ?

LE RABBIN.

Ignorez-vous, Mademoiselle, ce que peut sur un chef de parti le désir de voir réussir son œuvre ? Il savoit que cette mort qu'il avoit prédite, le mettroit en possession du titre de prophète ; c'en étoit assez pour déterminer un ambitieux. D'ailleurs, il comptoit sur l'obstination et la mauvaise foi de ses apôtres, qui lui ayant promis de soutenir sa résurrection fabuleuse, en imposeroient à la multitude, et lui procureroient l'immortalité dans l'opinion des hommes.

MADEM. BONNE.

De bonne foi, Monsieur, Jésus pouvoit-il se promettre cela des hommes qu'il avoit choisis pour ses disciples? Y avoit-il rien de si grossier et de si lâche? A juger des choses selon les apparences, selon les règles du sens commun, la mort du chef devoit disperser les membres, comme elle le fit en effet; et il est sûr qu'ils ne se fussent jamais rassemblés, si le miracle de la résurrection, sur lequel ils ne comptoient plus, ne les eût affermis dans la foi de la divinité de leur maître.

MISS DOROTHÉE.

J'étoufferois, ma Bonne, si je ne disois pas à M. le Rabbin que ce qu'il vient de dire n'a pas..... cherchons un terme honnête..... n'a pas d'apparence. Jugeons de cette affaire par comparaison. Un homme de néant se fait chef de secte, et s'associe une douzaine de bateliers, et peut-être une soixantaine d'autres personnes du bas étage. Le parlement fait pendre ce chef; la veille de sa mort il assemble ses disciples et tâche de les consoler en leur promettant qu'ils le verront bien et dument ressuscité dans trois jours. Les trois jours passés, ils s'aperçoivent qu'il est si sérieusement mort qu'il n'y a pas moyen de lui voir tenir sa parole; croyez-vous de bonne foi que ces pauvres abusés voulussent s'exposer à recevoir les étrivières pour soutenir de gaieté de cœur un mensonge qui ne leur apporteroit d'autre profit que des coups et des persécutions?

LADY VIOLENTE.

On pourroit le supposer tout au plus dans des hommes ambitieux qui auroient la manie d'immortaliser leur nom, qui auroient un plan formé à ce sujet, et qui seroient animés par l'espoir du succès, mais non dans les apôtres, qui n'avoient pas la moindre espérance raisonnable de réussir. D'ailleurs, les gens de cette classe sont peu touchés de la gloire de survivre à leur mort dans le souvenir des hommes, et troqueroient l'immortalité contre une douzaine de bouteilles de bon vin.

LADY CHAMPÊTRE.

Mahomet n'étoit pas né dans une classe beaucoup plus relevée, et n'avoit pas lieu de s'attendre au succès qu'il a éprouvé. Il n'avoit donc dessein d'abord que de s'immortaliser. Que répondrez-vous à cela, ma Bonne ?

MADEM. BONNE.

Que l'entreprise de Mahomet avoit beaucoup plus de vraisemblance, et qu'il avoit des facilités qui manquoient à Jésus. Puisque vous avez hasardé le parallèle, ma chère, il faut le pousser jusqu'au bout. Miss Dorothée, dites-nous ce qu'étoit Mahomet.

MISS DOROTHÉE.

Un homme de beaucoup d'esprit, quoiqu'il ne l'eût pas cultivé par les sciences. Ses talens lui procurèrent une sorte de fortune par le mariage qu'il fit avec une riche veuve. Il avoit toutes les qualités qui font les tyrans et les grands rois. Il étoit dominé par l'amour des femmes, et il poussa ce penchant jusque dans un âge où les passions voluptueuses sont affoiblies chez le commun des hommes.

MADEM. BONNE.

Mais dans quel pays étoit-il né? Quels ont été ses premiers disciples?

Miss DOROTHÉE.

Il étoit né dans l'Arabie, où l'on étoit idolâtre. Il prêcha sa doctrine dans un temps où il y avoit un grand nombre d'ariens. Ses premiers disciples furent des hommes de toutes sectes, et on compte parmi eux un moine apostat.

MADEM. BONNE.

Que croyez-vous qu'a été le premier dessein de Mahomet en établissant sa secte?

Miss DOROTHÉE.

Il ne me paroît pas qu'il ait prévu sa fortune : les circonstances l'excitèrent. Il y a quelqu'apparence qu'il n'aspiroit qu'à se faire un nom dans son pays; la nécessité de se soustraire à la mort l'en chassa, et étendit ses vues.

MADEM. BONNE.

Mahomet ayant commencé à dogmatiser, devint suspect à ceux qui commandoient en Arabie, et il fut obligé, pour sauver sa vie, d'en sortir en abandonnant tout ce qu'il possédoit.

BELESPRIT.

Vous dites cela comme si vous le blâmiez d'avoir fui : pour moi, j'en aurois fait autant, si j'avois été à sa place. Un chien vivant vaut mieux qu'un homme mort, dit quelqu'un ; il n'est rien tel que de vivre, et je dirois volontiers à ceux qui étalent de beaux sentimens sur le mépris de la mort, cela est bon pour le discours. D'ailleurs Mahomet avoit de très-bonnes raisons pour se conserver. Sa secte étoit trop mal affermie pour se passer de son secours : il devoit vivre pour l'étendre, ou mourir en la défendant. Il avoit tout perdu pour elle : il falloit achever son ouvrage pour se dédommager de ce qu'il étoit forcé de quitter.

MADEM. BONNE.

À cette fuite de Mahomet, je reconnois un homme de bon sens attaché à son projet et à sa vie ; il savoit que l'un dépendoit de l'autre, et il n'eût pas été naturel qu'il restât dans son pays, pour y voir périr la secte avec lui. Je suis persuadée qu'en pareil cas tout autre en sa place en eût fait autant; cependant Jésus tint une conduite toute différente dans un cas que miss Champêtre suppose le même. Il ne pense pas à fuir et vient à Jérusalem, sûr d'y périr, et, selon les apparences, pour y voir périr avec lui une secte qui, depuis trois ans, lui avoit donné tant de peine à établir, et qui avoit fait si peu de progrès. Continuons notre parallèle. Que fit Mahomet après avoir quitté son pays ?

MISS DOROTHÉE.

Il rassembla quatre sortes de personnes. Des Juifs, des Chrétiens ariens, ou mal instruits, des idolâtres, et un bon nombre de gens sans aveu. Pour attirer les Juifs, il ordonna la circoncision, défendit de manger du porc, et reconnut Moïse pour un prophète. Pour se faire des partisans parmi les Chrétiens, il donna les plus grandes louanges à

Jésus-Christ, à l'exception de la divinité qu'il lui refusa, ce qui étoit fort du goût des ariens. Pour gagner les païens, il ordonna quelques sacrifices à la Lune; enfin, il permit aux autres de piller les biens de tous ceux qui refuseroient d'être ses disciples

LADY VIOLENTE.

Oh! pour le coup, voilà un habile homme! et Jésus n'approchoit pas de son talent. Il étoit d'une roideur, d'une inflexibilité qui n'entendoit à aucun accommodement. Sa doctrine renversoit toutes les idées reçues. Loin de permettre à ses disciples de s'emparer du bien d'autrui, il veut qu'ils cèdent le leur, si on le leur dispute. Tenez, si avant l'événement on m'eût prédit ces deux conduites, et qu'on m'eût demandé quelle eût été l'issue de ces deux desseins, j'aurois juré que Mahomet auroit réussi, et que Jésus auroit échoué. Le bon sens m'eût dicté cette décision.

BELESPRIT.

Sur-tout si vous aviez su que Mahomet permettoit le divorce et la plucubit des femmes, et que Jésus, qui avoit trouvé les Juifs en possession de ces deux priviléges, les leur avoit ôtés.

MADEM. BONNE.

Pauvre miss Champêtre! que devient votre parallèle? Il n'est pas possible de trouver deux choses plus dissemblables que Jésus et Mahomet. L'un veut mourir, l'autre se sauve pour conserver sa vie. Le premier voit périr son parent, et son ami Jean-Baptiste sans faire aucun murmure; persécuté, opprimé, jamais il ne sort de sa bouche une seule parole séditieuse, et tendante à diminuer le respect et la soumission due aux puissances; et Mahomet dans sa fuite ne respire que rebellion et vengeance. Jésus, comme l'a fort bien remarqué lady Violente, commande à ses disciples de céder leur manteau à celui qui voudra leur ravir leur habit: il leur commande d'aimer leurs ennemis, de leur faire du bien. Il les envoye comme des agneaux au milieu des loups. Mahomet permet aux siens le pillage, les meurtres, des incendies, et tout ce que la guerre ou plutôt le brigandage traîne d'horreur à sa suite. Jésus non-seulement défend les actions déshonnêtes, il restreint encore l'usage des femmes à une seule, qu'il faut garder toute sa vie, et déclare que celui qui regarde une femme avec un mauvais désir est déjà adultère dans son cœur. Mahomet ne met point de bornes à la licence par rapport aux femmes, et avec quatre épouses légitimes il permet de prendre autant de concubines qu'on en peut nourrir. Ce qu'il permet à ses sectateurs, il se le permet à lui-même.

MISS CHAMPÊTRE.

Je vous demande grâce, ma Bonne; la comparaison que j'ai faite n'avoit pas le sens commun, j'en conviens de bonne foi.

MADEM. BONNE.

Pour n'y plus revenir, Mesdames, je vous prie de remarquer que la propagation du mahométisme n'a rien qui doive surprendre : elle est dans l'ordre naturel, et toutes les fois qu'un homme armé proposera une nouvelle secte qui flattera nos penchans corrompus, il ne faut pas dire qu'il faudra des miracles pour faire adopter ses sentimens à ceux auxquels il débitera ses maximes; mais, au contraire, on sera autorisé à penser qu'il faudra plusieurs miracles de la grâce pour empêcher les hommes de lui adhérer.

MISS DOROTHÉE.

Ainsi Mahomet, aussitôt qu'il eut des soldats, pouvoit prédire l'accroissement de la secte sans pour cela passer pour un prophète; au lieu que Jésus a véritablement prophétisé en publiant que sa doctrine et son Evangile se répandroient par toute la terre; car autant les succès de cet imposteur étoient naturels, autant ceux de Jésus étoient contraires à ce que l'on devoit s'attendre d'une telle doctrine et de prédicateurs tels que ceux auxquels il en confia la publication.

LADY LOUISE.

Effectivement, ma Bonne, il semble que Jésus ait pris à tâche de multiplier les obstacles à son entreprise. Quand on veut réussir à faire quelque chose de fort pénible et de fort dangereux, et qu'on a besoin d'associés, on cherche des hommes courageux et déterminés, on s'efforce de trouver des motifs capables de les exciter; on promet le repos aux paresseux, des honneurs à celui que l'ambition travaille; on fait espérer des plaisirs à celui qui est voluptueux, et à l'avare de grands profits; on cherche à diminuer aux yeux de ceux dont on veut être secondé, les périls de ce qu'ils entreprennent, on leur en grossit les facilités. Parcourez toutes les histoires, je vous défie de trouver une autre conduite que celle que je viens de tracer, dans tous les chefs de parti. Il n'y a que Jésus qui tienne une nouvelle route. Il s'attache à étouffer dans le chef de ses apôtres, une étincelle de ce courage dont on fait tant de cas, et le reprend de ce qu'il emploie l'épée pour le secourir. Les autres apôtres n'ont rien qui tende à la fermeté, ce sont des lâches confirmés. C'est à ces lâches qu'il annonce positivement qu'il établira un royaume dont il les fait princes; que cette qualité entraîne la condition de vivre dans la pauvreté, le mépris, les souffrances; qu'*ils* doivent jeûner, veiller, prier, se mortifier sans cesse. Il les avertit qu'ils seront traînés dans les synagogues et devant les juges; qu'ils seront fouettés, tourmentés et mis à mort. Il est vrai qu'il leur promet des récompenses spirituelles; mais par le peu de désir qu'elles excitent en nous, jugez de l'impression qu'elles devoient faire sur eux.

LE RABBIN.

Je conviens qu'il y a quelque chose de bien extraordinaire dans la personne et dans la conduite de Jésus : je vous accorderai que c'est un homme de bien, qui a cherché à faire régner la justice et à rendre les hommes heureux. Je regarde son Evangile comme un excellent livre de morale. J'irai même jusqu'à convenir qu'il a été injustement persécuté par nos princes des prêtres et nos docteurs; mais je ne puis le regarder comme le Messie promis : contentez-vous pour lui du titre de prophète.

MADEM. BONNE.

Il me faut tout ou rien, Monsieur, il

n'y a point de milieu. S'il n'est pas le Messie, le fils de Dieu, Dieu lui-même, il est le plus abominable de tous les hommes. Il usurpoit les honneurs divins, il se disoit égal à Dieu, dit un apôtre, et ce n'étoit point une usurpation. J'irai plus loin, Monsieur : si on parvenoit à me prouver que Jésus-Christ n'étoit qu'un prophète, je nierois l'existence de Dieu ; il auroit annoncé, prédit, autorisé par des miracles et par la connoissance de l'avenir un homme qui, comme Numa, auroit induit tous les hommes à l'idolâtrie. Un Dieu, la souveraine vérité, n'a pu en agir ainsi : cela répugne à ses divins attributs.

BELESPRIT.

Jugez de la bonté de ces preuves par l'effet qu'elles produisent. Je n'ai plus besoin du détail des miracles de Jésus pour croire en lui. Je dis hautement qu'il est Dieu, sans m'embarrasser de tout ce qu'en pourront dire mes anciens frères les déistes. Je suis chrétien, je suis convaincu, et ce n'est que parce que je trouve une satisfaction infinie à vous entendre, que je vous prie de continuer vos preuves.

Miss DOROTHÉE.

Vous nous aviez déja fait entrevoir votre conviction en parlant à Monsieur le Rabbin ; cependant, comme je ne suis pas naturellement fort crédule aux miracles, j'avois regardé votre discours comme ne signifiant pas grand'chose ; nous nous connoissons de longue main, et je me souviens de vous avoir souvent entendu soutenir des choses que vous ne pensiez pas, seulement pour faire briller votre esprit. J'avois donc besoin de cet aveu franc et net. Dites-moi, ma Bonne, faut-il regarder la conversion de Monsieur comme un miracle de la raison ou de la grâce?

MADEM. BONNE.

C'est à lui à vous en instruire, ma chère : si la conviction de son esprit ne descend point jusques dans ses œuvres, il n'y a rien en cela qui ne puisse être le fruit d'une saine philosophie ; si, au contraire, son cœur est touché, échauffé, s'il est sincèrement déterminé à régler ses mœurs sur ses nouvelles lumières ; n'en doutez point, c'est l'ouvrage de la grâce ; la pauvre philosophie humaine ne peut aller jusque-là. J'ose même présumer qu'elle n'a point de part à l'aveu qu'il vient de nous faire ; il s'élève courageusement au-dessus de ce qu'on pourra penser de son changement ; cette œuvre surpasse les forces de la nature ; j'y vois la main toute-puissante de Dieu.

BELESPRIT.

N'en doutez pas, Mademoiselle. N'allez pourtant pas croire que je sois strictement ce que l'on appelle converti, il s'en faut encore de beaucoup. Il a fallu un miracle de miséricorde pour m'en faire concevoir le dessein ; il en faut une continuité pour me donner le courage de l'exécuter. Ce qu'il y a de singulier, c'est que je n'ai senti la difficulté de l'entreprise qu'au moment où je l'ai sérieusement commencée, je croyois bonnement qu'il n'y avoit qu'à vouloir changer pour l'être. Je me flattois en gros d'être un honnête homme qui avoit peu de chose à réformer pour devenir un bon chrétien ; et puis, je trouve qu'il faut me métamorphoser depuis les pieds jusqu'à la tête. Il faut haïr tout ce que j'ai aimé, aimer tout ce que j'ai haï. Oh! cela surpasse tellement mes forces, que si le premier miracle n'étoit un garant de ceux que la miséricorde de Dieu voudra bien continuer d'opérer en ma faveur, j'abandonnerois absolument mon entreprise.

MADEM. BONNE.

Ne me demandez plus le détail des miracles opérés par Jésus. Comptez, si vous le pouvez, le nombre de ceux qu'il a convertis, et jugez, par ce que vous éprouvez en ce moment, de la multitude des prodiges qu'il a faits pour en venir à faire arborer la croix sur le Capitole. Il avoit à vaincre les passions les plus chères à l'homme, à triompher des préjugés de la naissance et de l'éducation. Nous parlerons avec ordre de toutes ces choses, ou plutôt de tous ces miracles : commençons par ceux qui s'opérèrent à sa mort et à sa résurrection. Ils sont les fondemens de notre foi, et doivent être hors de doute. Miss Belotte, dites-nous les miracles qui arrivèrent à la mort de Jésus.

MISS BELOTTE.

Il faut que je sois bien stupide. J'ai lu vingt fois la Passion de Notre Seigneur, et je ne me souviens pas qu'il ait fait aucun miracle en ce temps.... Attendez, en voici un. Il remit l'oreille à Malchus.

MADEM. BONNE.

Ce miracle étoit grand, je l'avoue, mais il s'opéra en présence d'un petit nombre de témoins. Il m'en faut de plus publics, qui ayent éclaté à la face de tout l'univers; qui ayent produit quelques conversions bien désespérées, de ses bourreaux par exemple; et tels furent ceux qui arrivèrent au moment de la mort de Jésus. Il y en a dans l'ordre de la grâce, il y en a dans l'ordre de la nature. Lady Violente, quels sont les miracles de grâce que Jésus fit sur la croix, et qui prouvent sa divinité?

LADY VIOLENTE.

En vérité, ma Bonne, je n'en sais pas un mot, à moins que vous ne regardiez comme un miracle la patience admirable de Jésus-Christ au milieu des plus horribles souffrances.

MADEM. BONNE.

Je cesse de la regarder comme un miracle, s'il est Dieu; mais s'il étoit un homme, il faudroit la regarder comme le plus grand des miracles. J'en appelle à votre impatience naturelle, Mesdames. Une colique, un mal de dent vous fait jeter les hauts cris : vous êtes tentées de désespoir, vous murmurez contre la Providence. Or, quelle comparaison de ces souffrances à celles de Jésus! Comptons-les, si nous le pouvons : elles furent universelles. Il souffrit dans l'ame, il souffrit dans le corps des tourmens au-dessus de l'expression.

LADY LOUISE.

Entrez dans le détail, s'il vous plaît, ma Bonne. J'ai entendu lire plusieurs fois la passion de Jésus-Christ; mais soit que je n'y aie pas donné beaucoup d'attention, soit que l'habitude de l'entendre ait diminué ma sensibilité, je l'avoue, à ma honte, j'en suis bien moins touchée que je ne la suis en lisant un roman. Je n'ai jamais pleuré en la lisant, et je suffoquois en entendant lire Clariss.

MADEM. BONNE.

Que me demandez-vous, Madame? Il faudroit, pour vous faire ce détail, une créature plus qu'humaine. Au moins faudroit-il une de ces saintes ames qui par une longue méditation ont attiré du ciel des lumières sur ces grandes vérités. Hélas! sensible comme vous pour des fictions, mon cœur a la dureté d'un rocher lorsqu'il est question des souffrances d'un Dieu, souffrances encore dont la fin étoit de me délivrer de l'enfer. Voilà, ce me semble, un des plus terribles effets du péché: c'est cette dureté de cœur, cette insensibilité monstrueuse. Je vais pourtant essayer de vous satisfaire. Demandez à Dieu pour moi la grâce qu'il fit autrefois au prophète Isaïe; qu'il daigne purifier mon cœur et mes lèvres, non avec un charbon de feu, mais avec le sang précieux de son fils, afin que je sois rendue capable de parler dignement de ses souffrances.

Les souffrances de Jésus, Mesdames, ont commencé avec sa vie. Je ne parle pas de celles de son corps, elles ne peuvent entrer en comparaison avec celles de sa sainte ame. Si jamais vous avez éprouvé une ingratitude atroce d'un ami pour lequel vous avez tout sacrifié, rappelez-vous l'impression douloureuse que fit sur vous l'indignité de son procédé. Figurez-vous un père tendre, qui a travaillé toute sa vie pour un fils qui l'outrage, qui le déshonore, et qu'il va voir périr sur un échafaud pour n'avoir pas voulu profiter de ses conseils. Représentez-vous le déchirement du cœur d'un époux, qui a tiré de l'obscurité et de la misère une créature misérable pour l'associer à son nom, à son rang et à tous les biens qu'il possède ; qui cependant s'en voit trahi en faveur d'un malheureux fait pour exciter le dégoût et l'horreur. Toutes ces comparaisons pourront vous donner une légère idée de ce que Jésus a souffert. Ces peines furent telles, qu'elles eussent suffi pour lui ôter la vie, s'il n'eût fait un miracle continuel pour l'empêcher de succomber à sa douleur et soutenir sa sainte humanité.

Miss SOPHIE.

Je crois pieusement ces choses, ma Bonne ; mais selon nos conventions je ne devrois pas les croire. Vous oubliez que vous parlez à des incrédules qui exigent des preuves. Comment savez-vous toutes ces choses? Nous connoissons par le récit des évangélistes les souffrances extérieures de Jésus ; mais c'est tout. Ils ne nous disent rien de ce qui se passa dans son intérieur.

LADY VIOLENTE.

Je lisois, il y a quelques jours, qu'un homme auquel on avoit prononcé sa sentence de mort, en reçut une impression si terrible, que du soir au lendemain ses cheveux, qui étoient noirs, devinrent blancs: le souverain instruit de ce fait accorda la grâce de cet homme, parce qu'il pensa que ce qu'il avoit souffert en cette occasion, ayant été aussi terrible que la mort, suffisoit pour expier son crime. C'est en pensant comme ce souverain que je juge des souffrances de Notre Seigneur dans le jardin des Olives; elles furent telles, qu'elles excitèrent chez lui une sueur de sang. Un phénomène si extraordinaire est bien propre à nous faire comprendre l'excès du sentiment qui l'occasionna.

MISS BELOTTE.

Voilà ce qui ne peut m'entrer dans l'esprit, ma Bonne. Jésus, en tant qu'homme, avoit sans doute le corps et l'ame la plus parfaite; il devoit donc être courageux, et même le plus courageux de tous les hommes. Cependant nous avons vu des païens braver la douleur et souffrir d'affreux supplices sans jeter la moindre plainte. Jésus avoit-il moins de courage qu'eux ?

MADEM. BONNE.

Et qui vous dit, Mesdames, que ce fut la crainte de la mort qui excita dans Jésus cette sueur terrible? Il ne dit pas qu'il étoit triste à cause de sa mort, mais bien jusqu'à la mort, c'est-à-dire que sa tristesse étoit suffisante pour lui ôter la vie. Quelle étoit la cause de cette accablante tristesse? Le poids de nos péchés dont il s'étoit chargé, et sous lequel il succomboit; la terreur des jugemens de Dieu, dont il éprouvoit toute la sévérité; la vue de l'inutilité de sa mort et de ses souffrances pour un grand nombre de créatures ingrates qui refuseroient d'en profiter, et qui se perdroient malgré ce qu'il lui en coûteroit pour les sauver.

LADY INCONSÉQUENTE.

Mais pourquoi Jésus a-t-il tant souffert? Ne pouvoit-il pas nous sauver à moins de frais? Etoit-il nécessaire que sa mort fût si douloureuse?

MADEM. BONNE.

Hélas! ma chère, tout ce qu'il a fait pour nous racheter nous rend froides et insensibles; et vous me demandez pourquoi il a tant souffert? Pour ravir notre cœur, pour nous forcer à l'aimer malgré nous, pour ainsi dire. Mais continuons à parler de ses souffrances.

Rien n'est plus sensible, comme je vous le disois il n'y a qu'un moment, que l'ingratitude et le mépris de ceux qu'on aime: or Jésus fut trahi par un de ses apôtres, renié par un autre, et abandonné de tous. Il fut baffoué, soufflété, couvert de crachats. Dans sa flagellation, il fut déchiré de la manière la plus cruelle; peu de temps après on lui arracha ses habits qui devoient être collés à ses plaies, et on les rouvrit sans pitié, pour le revêtir d'un manteau de pourpre. On lui enfonça à coups de bâton une couronne d'épines sur la tête, et on le frappoit incessamment pour la faire entrer davantage. Enfin, il fut réduit à porter une croix fort lourde dans le temps où il étoit affoibli par un jeûne de vingt-quatre heures, et par la perte du sang qu'il avoit répandu dans sa flagellation, son couronnement d'épines, et sa sueur dans le jardin. Je dis que cette croix étoit très-lourde, car elle devoit être telle pour soutenir en l'air le corps d'un homme : aussi Jésus succomba sous le poids, et on força un homme qui revenoit des champs de lui aider à la porter.

Miss SOPHIE.

Il faut avouer que ceux qui conduisirent Jésus au supplice étoient de grands impertinens. Y a-t-il rien de plus inoui que de forcer un pauvre citoyen à porter l'instrument du supplice d'un homme regardé comme un malfaiteur? Que diroit-on aujourd'hui, si le bourreau forçoit un pauvre à traîner une potence avec le voleur qui seroit près d'y être attaché?

MADEM. BONNE.

On le regarderoit comme un attentat,

et on ne le souffriroit pas; cette remarque, ma chère, qui paroît de peu de conséquence, l'est beaucoup; elle sert à nous faire connoître la rage, la fureur, et l'espèce d'ivresse cruelle qui possédoit les bourreaux de Jésus, et qui est absolument contraire à l'humanité. Cependant ce fut plusieurs de ces hommes, qu'on pourroit appeler des diables, qui se convertirent avant la fin du jour. Que dire de la dureté de nos cœurs, si ce qui les toucha nous laisse insensibles?

LADY LOUISE.

En effet, supposons un homme coupable des plus grands crimes, et qui ait mérité l'indignation des peuples: cette indignation disparoît et fait place à la pitié au moment qu'il est condamné: le voit-on conduire au supplice, on le plaint, on s'attendrit sur son sort. Que si ce criminel marque quelque repentir, et paroît résigné à son sort, aussitôt tous les cœurs sont émus, les larmes coulent involontairement; on oublie qu'il a mérité son châtiment, et on se révolteroit contre ceux qui oseroient lui insulter dans ces momens de son humiliation; la cruauté des bourreaux de Jésus étoit donc contre nature, et il falloit, comme vous le dites fort bien, que le diable les eût enivrés de ses plus noires fureurs.

MADEM. BONNE.

Oui, Mesdames, toute leur conduite marque des hommes dévoués à Satan, qui ont oublié toutes les règles de la modération et de la justice. Cela est pourtant assez dans le caractère de la populace, qui ne connoît plus de bornes quand elle est une fois animée.

Miss CHAMPÊTRE.

Le diable entendoit bien mal ses intérêts : ne savoit-il pas que la mort de Jésus alloit détruire son empire, sauver les hommes; que la mesure des souffrances du Sauveur alloit devenir la mesure des grâces de Dieu à l'égard du genre humain, et un germe précieux d'où devoit éclore la patience des martyrs, la pureté des vierges, l'austérité des pénitens, et la sainteté dans tous les Etats?

MADEM. BONNE.

Je vous répéterai ici ce que je vous

ai dit autre part. Dans les choses dont l'Écriture ne dit rien, nous ne pouvons tirer, des circonstances qu'elle a rapportées par rapport à d'autres faits, des lumières sur ces choses. Je suis persuadé, en suivant cette règle, que le diable ignoroit que Jésus fût le Messie. Je vois dans toutes les occasions des preuves de ce doute, et un violent désir de s'en éclaircir. Lorsque Satan tenta Jésus dans le désert, il ignoroit certainement qu'il fût Dieu, sans quoi il n'auroit pas eu cette audace; aussi lui répéta-t-il cette interrogation deux différentes fois: *Si vous êtes le fils de Dieu?* Cet esprit orgueilleux et superbe ne pouvoit concilier la vie cachée de Jésus, l'humiliation de la circoncision à laquelle il s'étoit soumis, avec la majesté de l'Etre-Suprême. il étoit dans la situation de nos incrédules qui veulent tout mesurer à leurs lumières, à leurs goûts et à leurs idées. Combien de fois les possédés dont il chassoit les démons, avoient-ils tenté de le faire expliquer sur cet article!

LADY VIOLENTE.

Ils pouvoient bien avoir eu cette

incertitude pendant la vie de Jésus ; mais elle devoit être dissipée pendant sa passion. Le grand-prêtre interrogeant Jésus, lui avoit demandé : Etes-vous le Christ, le fils du Dieu vivant ? Et Jésus lui avoit répondu très-positivement : Oui, je le suis.

LADY LOUISE.

J'ai lu, je ne sais où, que dès ce moment les doutes de l'esprit de ténèbres s'augmentèrent de telle sorte, qu'ils touchoient presque à la certitude, et que ce fut la raison pour laquelle il fit tous ses efforts pour empêcher la mort de Jésus.

MISS SOPHIE.

Et où l'auteur de ce livre avoit-il puisé cette imagination ?

MADEM. BONNE.

Il me semble qu'il a fort bien pu la prendre dans l'Evangile. L'aveu public que Judas fit de la trahison, le repentir qu'il en conçut, n'étoient assurément pas causés par un mouvement du Saint-Esprit, puisqu'ils aboutirent au désespoir. J'en conclurois donc volontiers que ce repentir étoit l'ouvrage de l'esprit de ténèbres qui employa ce moyen pour forcer les prêtres à abandonner le dessein de faire mourir Jésus. Je regarde aussi le rêve de la femme de Pilate comme l'ouvrage du diable qui désespéré du mauvais succès de la tentative qu'il venoit de faire pour sauver Jésus, redoubla de courage, et la communiqua à ses bourreaux. Continuons de voir quels en furent les effets.

Arrivé sur le Calvaire, trempé de sueur, excédé de fatigue, de coups, d'inanition, Jésus n'eut pas un moment pour respirer. On lui arracha de nouveau ses habits, et par là on rouvrit toutes ses plaies. Hélas! Mesdames, avons-nous jamais réfléchi une seule fois comme il faut sur ce qu'il souffroit alors? Presque toutes celles qui m'écoutent ont eu des engelures : quand il étoit question de lever l'emplâtre, le linge qui les couvroit, quelles précautions n'exigiez-vous pas! avec quelle délicatesse falloit-il y procéder! Et, malgré cette délicatesse, vous pleuriez, vous criiez! Qu'auroit-ce été, si cette petite plaie eût couvert tout votre corps, et que sans ménagement on vous eût arraché vos habits ?

Miss DOROTHÉE.

Vous me faites frémir, ma Bonne. J'ai eu un panaris au doigt, j'étois comme une enragée, et je fuyois de frayeur une heure avant d'être pansée, tant la douleur qu'on me faisoit souffrir en levant l'appareil, étoit violente. Il est vrai qu'il y a des nerfs et des parties bien délicates dans le doigt ; cela doit être, ce me semble, plus douloureux que de simples écorchures.

Madem. BONNE.

J'en conviens, ma chère ; mais nulle sorte de douleur n'a manqué à notre divin Sauveur. Rien de plus sensible, comme vous le dites fort bien, que les pieds et les mains, et il les a eu percés sans aucun ménagement avec de gros clous. Lorsqu'il fut cloué sur cette croix, il fallut l'élever et la mettre en place. Vous sentez que, pour la mettre en état de soutenir un corps, il fallut l'enfoncer bien avant dans la terre. J'ai ouï dire à des médecins que ce fut alors que Jésus dut éprouver la douleur la plus sensible. On approcha la croix du trou dans lequel elle devoit être fixée, et on l'y laissa tomber. Quel dut être l'ébranlement que causa cette chute dans toutes les parties de ce sacré corps, déchiré et suspendu sur des plaies! Cela fait frémir, seulement d'y penser. Ce ne fut point une douleur momentanée. Jésus resta trois heures dans cet état terrible, s'épuisant de sang par ses plaies, ce qui lui causa une soif ardente. Il s'en plaignit avec douceur, et on lui présenta du fiel et du vinaigre, comme les prophètes l'avoient prédit. Ajoutez à ces douleurs corporelles celles que devoit lui causer la malice des pharisiens qui insultoient à ses maux; les blasphêmes des voleurs qui étoient crucifiés à côté de lui; les douleurs d'une mère, d'une amante, d'un ami qui, au pied de la croix, lui donnoient des larmes amères en échange du sang qu'il versoit pour eux; l'abandon, la colère de Dieu dont il sentoit le poids d'une manière si sensible, qu'il ne put s'empêcher de s'en plaindre : *Mon Dieu, pourquoi m'avez-vous abandonné?* Si vous réunissez toutes ces douleurs, vous comprendrez que l'excès des maux que Jésus a soufferts surpasse tout ce que vous pouvez comprendre, et qu'elles sont au-dessus de la pensée comme de l'expression.

MISS SOPHIE.

J'ai cru, ma Bonne, que vous vouliez nous parler des miracles qui accompagnèrent la mort de Jésus : c'étoit ce que vous nous aviez promis ; et cependant c'est de ses souffrances que vous nous avez entretenues.

MADEM. BONNE.

Je vous ai tenu parole, ma chère, et je viens de vous exposer le plus grand de tous les miracles : c'est celui de la patience de Jésus. De bonne foi, Mesdames, croyez-vous que la tranquillité constante de Jésus au milieu des tourmens, soit possible à l'homme par ses propres forces ?

LADY MÉRY.

Je vous dirois volontiers que oui, ma Bonne. Les sauvages de l'Amérique septentrionale se voyent brûler à petit feu, voyent couper leur chair grillée, que leurs ennemis mangent en leur présence ; pendant ce temps, ils chantent, insultent à leurs bourreaux, et se vantent d'avoir fait souffrir à quelques-uns d'eux des tourmens encore plus insupportables.

MADEM. BONNE.

Et vous appelez cela de la tranquillité et de la patience, ma chère ? Pour moi je l'appelle de la rage et du désespoir. Jeter des cris douloureux ou dire des injures, c'est l'expression de l'impatience, du dépit : la tranquillité douce du Sauveur étoit bien différente ; elle étoit un témoin irréprochable de sa constante soumission aux ordres du ciel, et on pouvoit voir clairement en lui l'application de cette prophétie : *Il a été mené au supplice, et n'a non plus ouvert la bouche que l'innocent agneau qu'on conduit à la boucherie ; ou s'il rompt le silence, c'est pour prier pour ses bourreaux.* Cette charité pour des ennemis si cruels ne peut être attribuée qu'à la grâce ; et cette grâce, Dieu l'auroit-il donnée à un imposteur, à un scélérat ? D'autres miracles viennent à l'appui de celui-là, et nous ferons voir clairement l'origine de la patience de celui qui souffre. Le premier qui s'offre à mon esprit est le cri que Jésus jeta en expirant.

MISS BELOTTE.

Je vous l'avoue, ma Bonne, je ne puis trouver rien de miraculeux dans ce cri.

MADEM. BONNE.

Le centenier païen qui gardoit Jésus, ne fut pas de votre sentiment, ma chère, et ce fut ce cri qui lui fit dire : *Certainement cet homme étoit le fils de Dieu*. Remarquez, s'il vous plaît, Mesdames, que Jésus n'avoit aucune blessure mortelle, qu'il mourut de l'épuisement que lui causoit la perte de son sang. Or, quels sont les symptômes d'une telle mort? Une foiblesse universelle, la perte de la voix, des syncopes, des évanouissemens. Un grand cri dans un homme qui meurt d'une telle mort étoit donc un miracle, une preuve qu'il mouroit volontairement, et que la même puissance qui lui donnoit la force de pousser ce cri, eût pu le détacher de la croix et le sauver. Voilà ce qui fit naître la foi du centenier ; et les miracles qui suivirent celui-là la fortifièrent, et forcèrent plusieurs de ses bourreaux à s'en retourner en frappant leur poitrine. Quels sont ces miracles, miss Dorothée?

BELESPRIT.

Vous en avez oublié un qui précéda, et qui me paroît le plus grand de tous; c'est la conversion d'un des deux voleurs qui étoient crucifiés à côté de Jésus. D'abord il blasphêmoit comme son compagnon : tout-à-coup un rayon de lumière le frappe, il ouvre les yeux, et dans Jésus mourant il aperçoit un Dieu triomphant du péché, de la mort et de l'enfer; un roi triomphant, qui va bientôt prendre possession de son royaume. Cet homme ne retient point cette vérité captive : sa croix est la chaire d'où il confesse hautement la divinité du Sauveur. Son espérance égale sa foi, il ose prier Jésus de se souvenir de lui dans son royaume : sa charité pour Dieu et pour le prochain se manifeste. Il avertit charitablement son compagnon, prend le parti de la justice de Dieu contre lui-même, avoue que c'est pour ses crimes qu'il souffre sans pouvoir s'en plaindre. Que de vertus il pratique en cette occasion ! Sa conversion fut si parfaite qu'il mérita d'être canonisé de la bouche même de Jésus-Christ. Or, moi, qui sens dans tous les momens la difficulté d'une conversion parfaite, je ne puis voir celle-là sans crier au miracle.

Miss DOROTHÉE.

J'en dis autant que vous, Monsieur, car je sens comme vous la difficulté de la conversion, et après ce miracle je ne suis plus surprise de voir la terre trembler, les tombeaux ouverts, les rochers fendus, le soleil éclipsé. Qu'est-ce que tous ces prodiges en comparaison de celui d'une conversion si parfaite, opérée dans un moment?

MADEM. BONNE.

Ce miracle ne fut frappant que pour ceux qui en furent les témoins, au lieu que l'éclipse du soleil étonna toute la terre. Je dis toute la terre, Mesdames : plusieurs païens nous attestent ce phénomène, qui n'avoit point pour cause l'interposition d'un corps entre nous et le soleil. Les ouvrages attribués à saint Denisl'Aréopagite nous parlent de l'effet que ce prodige opéra sur lui, et de ce qu'il en conclut.

MISS SOPHIE.

Pourquoi appelez-vous saint Denis Aréopagite ; est-ce qu'il étoit de l'Aréopage?

MADEM. BONNE.

Oui, ma chère : c'étoit un Athénien fort savant, et l'on dit qu'au moment de cette éclipse il s'écria : Ou l'auteur du monde pâtit, ou la machine de l'univers va se dissoudre. Quelques années après, Saint Paul prêcha dans Athènes, et saint Denis fut un de ses plus illustres prosélytes. A peine eut-il confronté l'époque de la mort de Jésus avec le prodige qui l'avoit effrayé, qu'il crut, sans hésiter, que celui dont le soleil sembloit avoir pleuré la mort, étoit le Créateur du soleil. Je sais que les critiques prétendent, avec quelque raison, que les ouvrages attribués à saint Denis ne sont pas de lui ; mais quoi qu'il en soit de leur auteur, il est certain qu'ils étoient fort anciens, et qu'on ne révoquoit point en doute les faits qui y étoient énoncés. D'ailleurs,

Mesdames, la rupture du voile du temple avoit été prédite, et étoit un fait si connu, que personne n'osa le contredire lorsqu'il fut écrit par les Evangélistes.

Il nous reste à parler de la résurrection de Jésus; et les preuves en doivent être si claires qu'elles ne puissent être contestées.

LE RABBIN.

Elles l'ont pourtant été, Mademoiselle, et même par des chrétiens; témoins les écrits de M. Woolston.

MADEM. BONNE.

Ajoutez, Monsieur, que ces écrits ont été mis en poudre par tout ce qu'il y avoit d'hommes savans en Angleterre. Woolston étoit un fou du premier ordre.

LE RABBIN.

C'est se tirer d'affaire à bon marché, Mademoiselle. Voilà justement ce que font vos pareils. Au lieu de réfuter leurs adversaires, ils les supposent extravagans, et le disent sans preuve: cela est plus aisé que de leur répondre.

MADEM. BONNE.

Vous supposez gratuitement que je

le dis sans preuve ; mais, Monsieur, jugez-en vous-même. Que penser d'un homme qui écrit pour nier les miracles et la résurrection de Jésus, et qui proteste en même temps qu'il est chrétien, et veut qu'on le croye tel ?

LADY LOUISE.

J'ai vu une des réponses qu'on lui a faites. On feint de porter cette affaire au banc du roi, et on l'a plaidée devant des jurés, comme on auroit fait une chose arrivée de nos jours. Voici ce qu'allégua l'avocat de M. Woolston.

D'abord il place Jésus-Christ au rang de ces habiles fourbes, qui voulant profiter des idées des Juifs qui attendoient un libérateur, se donne pour être ce libérateur attendu, afin de pouvoir par là s'élever à la souveraine puissance.

MISS DOROTHÉE.

En ce cas, il auroit été un fourbe maladroit. Quand on veut profiter de certains préjugés établis parmi le peuple, on flatte ces préjugés. Jésus les combat ouvertement, et déclare mille fois que son royaume n'est pas de ce monde. Il vouloit si peu se faire roi, qu'il se sauva lorsque les peuples d'un certain canton voulurent lui donner ce titre.

LADY LOUISE.

Voilà précisément la réponse de l'avocat de la résurrection : est-ce que miss Dorothée a lu cet ouvrage?

MADEM. BONNE.

Il n'en est pas besoin, ma chère; il ne faut que savoir l'Evangile, et avoir du bon sens pour faire cette réponse. Jésus, dans tout le cours de sa vie, tient constamment le même discours qu'à Pilate, il se donne pour roi, mais dans un sens tout autre que celui qu'on attache à ce mot; et quand ses disciples lui demandent des places distinguées dans ce royaume, il leur répond qu'il faut devenir petit et humble comme un enfant, pour y être dans le premier rang. Ce discours n'est point équivoque.

LADY LOUISE.

M. Wooslton prétend pourtant que ce fut l'espérance de parvenir aux dignités de ce royaume prétendu, qui lui attacha ses disciples.

MADEM. BONNE.

Donc ils devoient se détacher de lui au moment où ils n'avoient plus rien à en attendre, et ce moment étoit celui de sa mort lorsqu'ils virent toutes leurs espérances s'en aller en fumée. Dans le temps du second tremblement de terre à Londres, un homme s'avisa d'en prédire un troisième dont il fixa le jour. On le prit si bien pour un prophète que la moitié de la ville de Londres en sortit, ou fut coucher sous des tentes dans les prés de Marybonne et de Patington. Le lendemain tout le monde changea d'avis et le prétendu prophète fut mis au rang des fous. Pareille chose arrivera toujours lorsqu'un imposteur sera démasqué : aussi voyons-nous qu'à la mort de Jésus, qui sembloit anéantir toutes ses promesses, ses disciples et ses apôtres l'abandonnèrent et feignirent même de ne l'avoir jamais connu. Cinquante jours après, nous les trouvons rassemblés : assurément il faut supposer qu'il est arrivé quelque chose qui a ranimé leur courage; et s'ils paroissoient attachés plus que jamais à la doctrine de leur maître, il faut qu'ils ayent découvert qu'il n'étoit rien moins qu'un imposteur. Qu'est-ce qui a pu le réhabiliter dans leurs esprits? L'accomplissement de ses promesses, sa résurrection. Je défie à toute personne raisonnable de donner un autre motif au changement qui se fit alors dans les apôtres qui, de déserteurs de la compagnie de leur maître, devinrent ses plus zélés sectateurs. Première preuve de la résurrection de Jésus: la conversion des apôtres. Aidez-moi, miss Dorothée, et rapportez-nous d'abord le fait dont il est question, c'est-à-dire l'histoire de la résurrection.

Miss DOROTHÉE.

Il faut d'abord que je vous fasse faire une remarque. Jésus avoit prédit sa résurrection d'une manière si claire, que ses plus mortels ennemis étoient instruits de cette prédiction. S'il eût été un imposteur, c'étoit les avertir de se tenir en garde contre ce que la fourberie des apôtres pourroit employer pour faire croire au peuple que cette prédiction avoit eu son effet. Pour persuader aux Juifs que Jésus étoit ressuscité, la première chose qu'il falloit faire étoit d'enlever son corps, et de le cacher si bien qu'on ne pût le produire contre leur témoignage. Pourquoi rendre cette entreprise impossible en la publiant d'avance? Ne devoit-il pas penser que les chefs de la nation, intéressés dans cette affaire, feroient garder le tombeau? Aussi n'y manquèrent-ils pas; et ils obtinrent de Pilate une garde assez nombreuse pour que le corps de Jésus ne pût être enlevé par violence; et pour ne rien oublier, ils fermèrent l'entrée du sépulcre avec une pierre si grosse, qu'il étoit impossible de la rouler sans bruit et sans y employer plusieurs personnes: ils scellèrent même cette pierre pour plus grande sûreté.

MADEM. BONNE.

Je vous interromps, Miss, pour faire remarquer à ces dames le motif de la démarche des chefs des Juifs. Ils conviennent que si on parvient à persuader au peuple que Jésus est ressuscité, il n'y aura aucun moyen de l'empêcher de le reconnoître pour le Messie; la résurrection de Jésus étoit donc selon eux une preuve non équivoque de sa divinité. Retenez-le, M. le Rabbin; et si nous vous la donnons cette preuve, rendez-vous de bonne grâce.

Miss SOPHIE.

Est-ce que Pilate eut la complaisance de donner des soldats aux prêtres ? Il ne paroissoit pas qu'il eût approuvé leur acharnement contre Jésus et il devoit être indigné de ce qu'ils sembloient le poursuivre, tout mort qu'il étoit.

Miss DOROTHÉE.

Aussi leur dit-il qu'ils pouvoient faire garder le sépulcre par leurs gardes, et qu'il ne vouloit point se mêler dans cette affaire.

MAD. BONNE.

Effet admirable de la Providence ! Si Pilate s'étoit chargé du soin de faire garder le sépulcre, les prêtres eussent pu dire qu'il avoit fermé les yeux sur l'enlèvement du corps de Jésus pour justifier la répugnance qu'il avoit eue à le condamner. Les Juifs ne pouvoient se dissimuler que Pilate étoit un homme foible, qui n'avoit commis une injustice que par la crainte de se rendre suspect aux Romains ; ils auroient tout aussi bien pu le croire capable de céder à l'intérêt, et se laisser boucher les yeux par une somme immense d'argent. Les apôtres paroissent hors d'état de fournir cette somme ; mais ils pouvoient avoir des ressources cachées. Dieu, qui ne vouloit pas leur laisser cet échappatoire, permit qu'on leur remît à eux-mêmes la garde du tombeau.

Remarquez encore qu'outre les motifs de haîne que les Juifs avoient contre Jésus, ils avoient un motif d'honneur à empêcher qu'on en imposât au public : leur réputation en dépendoit. Si Jésus étoit un imposteur qui avoit leurré le public d'une fausse résurrection, ils avoient obéi à la loi de Dieu en le faisant périr. S'il ressuscitoit en effet, ou s'il passoit pour être ressuscité, ils étoient des déicides, ou paroissoient au moins être tels dans l'opinion de ceux qui seroient trompés. Jugez, d'après ce que je viens de dire, des soins qu'ils apportèrent pour bien choisir ceux auxquels ils confièrent la garde du sépulcre ; sans doute qu'ils n'y mirent que des gens dont ils étoient absolument sûrs.

LE RABBIN.

Et ne se trompe-t-on pas tous les jours sur la fidélité de ces sortes de gens? Une bonne somme ne put-elle pas les engager à laisser enlever le corps de Jésus ? D'ailleurs ces gens n'étoient pas inaccessibles au sommeil, et ils attestèrent eux-mêmes qu'ayant eu le malheur de s'endormir, les disciples de Jésus avoient profité de ce moment pour enlever son corps.

Miss DOROTHÉE.

Allons, Mesdames, il faut nous rendre à cette preuve, il n'y a pas moyen d'y résister. Ces gens avoient vu en dormant les apôtres enlever ce corps mort ! Peut-on récuser leur témoignage ? Je parie même que les apôtres, en habiles gens, avoient eu la précaution de les faire boire, et même qu'ils avoient mêlé un peu d'opium dans leur vin, pour les empêcher de se réveiller au bruit qu'ils ne purent s'empêcher de faire en levant cette pierre. Vous aviez oublié cet opium, Monsieur.

LE RABBIN.

Je ne sais si je ne devrois pas me fâcher, Miss ; en vérité vous êtes bien piquante.

MADEM. BONNE.

En conscience, Monsieur, pouvoit-on vous répondre sérieusement ? A-t-on jamais donné pour témoins d'un fait des gens qui protestent qu'ils dormoient pendant qu'il s'est passé ? Vous voyez bien que cela n'a pas le sens commun, et qu'il faut prendre le parti d'en rire.

LE RABBIN.

Vous faites une méchante plaisanterie sur les mots. On entend bien que ce ne fut pas pendant leur sommeil qu'ils virent ce qu'ils attestèrent : cela signifie simplement qu'ils étoient endormis lorsque les apôtres s'approchèrent, et qu'étant réveillés par le bruit qu'ils firent..... Mais s'ils les virent en se réveillant, pourquoi ne leur ôtèrent-ils pas ce corps mort ? Je m'en tiens à mon premier sentiment. Les coquins furent gagnés.

MADEM. BONNE.

Je le croirai tant que vous voudrez,

Monsieur, s'ils furent punis. Hérode fit mourir les gardes auxquels il avoit commis la garde de saint Pierre, quoiqu'on les eût trouvés à leurs postes, et que les portes de la prison fussent bien gardées. Pourquoi laissa-t-on aller tranquillement ces gardes auxquels on avoit confié un dépôt de cette importance?

LE RABBIN.

Et qu'en sais-je, Mademoiselle? Après tout, cette histoire n'est que dans vos auteurs; peut-être tout ce qu'ils nous ont dit au sujet de votre Jésus n'est qu'un tissu de mensonges; il y a beaucoup d'apparence à ce que je dis: Josèphe n'en a pas dit un mot.

BELESPRIT.

Vous vous noyez, mon cher: on me l'a dit dans un cas pareil, et je vous le répète; dans cette situation, il est permis de s'accrocher à tout. Il y a des chrétiens, ils ont une origine. Si Josèphe nous avoit dit que sous Ponce-Pilate il y eut un imposteur qui séduisit le peuple, qu'on le fit mourir, que malgré l'ignominie de sa mort ses disciples s'étoient multipliés, qu'il en existoit un grand nombre dans le temps qu'il écrivoit; quoiqu'on n'eût rien épargné pour les détruire; que l'entêtement de ses disciples étoit d'autant plus extravagant, qu'il étoit certain que leur chef leur avoit promis de ressusciter; qu'il étoit notoire qu'il n'avoit pas accompli sa promesse, et qu'on avoit des preuves que ses disciples avoient enlevé son corps; s'il avoit ajouté qu'il étoit de conséquence pour sa nation qu'on ne confondît point avec elle les disciples de cet homme qu'on appeloit mal-à-propos Juifs, Galiléens, et qu'on punissoit à Rome sous cette dénomination, comme Néron venoit de le faire, parce que ce prince les accusoit de plusieurs crimes; si, dis-je, Josèphe avoit parlé ainsi, les chrétiens seroient en droit d'improuver son témoignage; mais vous auriez aussi le droit de le leur alléguer. Mais Mademoiselle vous a fait remarquer que cet auteur, qui s'appesantit sur des faits beaucoup moins importans, n'a pas dit un mot sur celui-là. Ce silence prouve d'autant plus contre vous, que Josèphe, qui étoit un homme de lettres, n'a pu ignorer l'existence des écrits des évangélistes qui, dans votre hypothèse, n'étoient qu'un tissu de calomnies les plus atroces contre les chefs de sa nation. N'est-il pas tout naturel de penser que, ne pouvant les réfuter, il a choisi de n'en point parler du tout; cela étoit plus prudent : car de dire qu'on a inventé tout ce qu'on a dit de Jésus, sous le nez, pour ainsi dire, de ceux qui avoient tant d'intérêt à le démentir, c'est une absurdité qui ne peut entrer sérieusement dans votre bonne tête. Répondez-moi à cela, je vous supplie. Mais quoi! vous gardez le silence!

LE RABBIN.

Eh! que voulez-vous que je vous dise? Ce silence n'est-il pas une réponse dans le cas où je suis? Cependant....... Ah! pourquoi suis-je venu ici? J'étois tranquille, je vivois heureux. Adieu, Mesdames. En réfléchissant, je suis sûr que je trouverois des réponses satisfaisantes à tout ce que vous avez avancé; mais je manque de temps pour cette étude. Mes affaires, mon commerce, le soin de ma famille, ...

LADY VIOLENTE, *le retenant par son habit.*

Ah! malheureux! Qu'allez-vous faire, nouveau Jonas? Prétendez-vous vous sauver aux yeux de Dieu? La vérité s'est offerte aux vôtres, et vous vous y refusez? Frémissez! c'est peut-être la dernière fois que vous aurez le pouvoir de l'entendre..... Mais quoi! vos larmes s'échappent malgré vous; elles trahissent le trouble de votre ame. Pour l'amour de vous-même, obéissez à la grâce.

LE RABBIN.

Et le puis-je, Madame? Chargé d'une nombreuse famille, lié d'intérêt avec tous ceux de ma nation, ne tirant que d'eux la subsistance de mes enfans, puis-je par mon changement leur ôter non-seulement toute espérance d'avancement et de fortune, mais peut-être encore la subsistance stricte? Croyez-vous que ce soit d'aujourd'hui que j'entrevois le foible de la cause que je défends? Non, Madame; mais les circonstances dans lesquelles je me trouve...... Qu'importe, après tout, la fortune? La foi, le salut que je procurerai à mes enfans, ne sont-ils pas les seuls biens réels? Continuez, s'il vous plaît, Mesdames, et laissez-moi le temps de respirer ; demain j'espère que vous serez toutes contentes de moi. Je vous prie, Mademoiselle, que cela ne vous arrête point, finissez ce que vous avez commencé.

MADEM. BONNE.

Je le ferai volontiers, Monsieur ; jusqu'à demain, je vous exhorte à prier beaucoup. Joignons-nous à lui, Mesdames, et ne passons point un instant, je ne dirai pas à demander des lumières pour Monsieur, non, il est convaincu, mais à conjurer le père des miséricordes de lui donner la force de s'élever au-dessus des intérêts temporels et de la mauvaise honte, qui pourroient le retenir.

Nous avons remarqué que les Juifs eussent puni les gardes qu'ils avoient posés auprès du sépulcre du Sauveur, s'ils eussent pu croire qu'ils se fussent laissés séduire : ils ne le firent pas ; donc ils étoient convaincus de leur innocence. Les évangélistes accusent les princes des prêtres de leur avoir donné de l'argent pour publier que les disciples du Sauveur avoient profité de leur sommeil pour enlever son corps : n'y a-t-il point eu quelques occasions où l'on eût pu donner le démenti aux évangélistes ?

LADY LOUISE.

L'avocat de la résurrection du Sauveur cite deux occasions où il eût été naturel de le faire. La première arriva lorsque Pierre et Jean guérirent ce boîteux, ou plutôt ce perclus, à la porte du temple, et qu'ils déclarèrent au conseil des prêtres et des docteurs, devant lesquels ils furent traduits, qu'ils l'avoient guéri au nom de Jésus. On leur défendit d'enseigner en ce nom, mais on ne leur dit point : ce Jésus étoit un imposteur qui a manqué à la parole qu'il avoit donnée, de ressusciter. La fermeté des apôtres, qui, loin de promettre de s'abstenir de parler au nom de Jésus, répondirent qu'il étoit plus juste d'obéir à Dieu qu'aux hommes ; cette fermeté, dis-je, étonna le conseil : on les fit sortir de l'assemblée pour délibérer en leur absence. Alors Gamaliel, fameux docteur, s'étant levé, fit remarquer à l'assemblée que plusieurs imposteurs ayant depuis quelques années essayé de tromper le peuple, s'étoient dissipés comme d'eux-mêmes. Il en arrivera ainsi, ajouta-t-il, par rapport à l'entreprise de ces hommes: si elle vient d'eux, vous la verrez s'en aller en fumée; si elle vient de Dieu, elle subsistera malgré vos efforts. Après cette exposition, Gamaliel conclut à laisser les apôtres en repos, et voici pourquoi: *C'est qu'il seroit à craindre*, dit-il, *que nous ne fassions la guerre à Dieu.* De bonne foi, un homme aussi savant que l'étoit Gamaliel, eût-il pu parler ainsi, s'il eût été notoire que les apôtres eussent enlevé le corps de Jésus? N'auroit-il pas conclu à l'imposture et au faux prophète, si Jésus n'avoit tenu la parole qu'il avoit donnée de ressusciter? Le conseil n'auroit-il pas répondu à Gamaliel: Comment pourrions-nous supposer que l'intervention de la divinité pût se trouver dans cette œuvre fondée sur un mensonge atroce? Ils n'eurent garde de faire cette objection, car ils savoient tous, aussi bien que Gamaliel, que les apôtres n'en imposoient à personne, lorsqu'ils annonçoient que Jésus étoit ressuscité; donc il l'étoit véritablement, cela est clair.

Le second fait cité par l'avocat de la résurrection, est celui du plaidoyer fait en présence du roi Agrippa par Tertulle et par saint Paul. Cet orateur, qui parloit pour les Juifs, auroit eu une belle occasion d'exercer son éloquence; en faisant au roi l'histoire de la mort de Jésus, et de la friponnerie qui en avoit été la suite, il auroit dit : Paul n'ignore pas que ce Jésus, qui avoit promis de ressusciter, est encore au nombre des morts. Le silence sur un tel fait vaut un aveu formel, et Agrippa le crut ainsi, puisqu'après avoir ouï saint Paul, il lui dit : *Peu s'en faut que vous ne me persuadiez d'être chrétien.*

MADEM. BONNE.

Les chefs des Juifs, et vous-même, Monsieur, pensiez que la résurrection de Jésus emportoit la preuve de sa divinité. Ils ne l'ont pas contestée dans les occasions où il leur importoit le plus de le faire; donc elle étoit incontestable; et nous sommes en droit de croire ce que les apôtres nous en ont rapporté, puisqu'on n'a pas eu de moyen d'en douter dans le temps de l'événement même. Miss Dorothée, à qui Jésus apparut-il la première fois ?

Miss DOROTHÉE.

A Madeleine. C'est ici le triomphe des femmes, Messieurs; vous me pardonnerez si je m'étends sur cette apparition. Madeleine, fameuse par ses désordres et par sa pénitence, le fut encore par son amour pour Jésus, qui lui a mérité le titre de son amante. Plus courageuse que Pierre, elle n'abandonna son maître ni à la vie ni à la mort; et si elle l'eût pu sans blesser la loi, elle se seroit mêlée avec les soldats qui gardoient le sépulcre, pour ne point perdre de vue le lieu qui renfermoit son trésor. Forcée de se retirer pour demeurer en repos le jour du sabbat, elle se leva long-temps avant le jour, et prenant les parfums qu'elle avoit préparés dès le vendredi, elle invita plusieurs femmes de sa connoissance à l'accompagner au sépulcre.

Miss BELOTTE.

Madeleine croyoit-elle que ce jardinier étoit devin? Elle lui demande s'il a pris une chose, et ne dit pas ce que c'étoit que cette chose. *Si c'est vous qui l'avez ôté*; mais qu'est-ce que l'on a ôté? Il falloit le dire au moins.

Miss DOROTHÉE.

Mais que vouloit-elle faire de ces parfums? Ne savoit-elle pas qu'il y avoit des gardes au tombeau qui l'empêcheroient d'y entrer?

MADEM. BONNE.

Vous n'avez pas pris une juste idée de Madeleine, ma chère, si vous croyez qu'elle étoit capable de penser à autre chose qu'à Jésus mort. Cette idée, chez elle, absorboit si absolument toutes les autres, qu'elle étoit incapable de réfléchir. D'ailleurs, il paroît par la suite de ce récit, qu'elle ignoroit qu'on eût mis des gardes au tombeau, et cela est vraisemblable. On ne sortoit guère les jours de sabbat que pour aller au temple; et les saintes femmes, parentes ou amies de Jésus, n'étoient pas en état de s'exposer en public le lendemain d'un jour qui leur avoit été si funeste. Elles étoient trois : il falloit que la pierre dont on avoit couvert le sépulcre fût bien lourde, puisqu'elles ne se croyoient pas en état de la lever, et qu'elles se disoient dans le chemin : Qui nous levera la pierre? Tout-à-coup elles sentirent la terre trembler; et quoique cet accident fût bien capable de les effrayer, elles continuèrent leur chemin. Arrivées au sépulcre, elles en trouvent la porte ouverte, et deux anges, assis dans ce lieu, les avertissent que Jésus n'est plus parmi les morts, et qu'elles doivent en donner avis aux apôtres. Elles s'attendoient si peu à cette résurrection, qu'elles n'ajoutèrent point foi à ces paroles, et coururent tout effrayées avertir les apôtres de ce qui étoit arrivé.

LADY LOUISE.

Il y a une chose qui me surprend. On ne vit point la mère de Jésus à son sépulcre : aimoit-elle moins son fils que Madeleine ?

MADEM. BONNE.

Elle avoit certainement plus d'amour, mais elle avoit aussi plus de foi, et ne doutoit point, comme Madeleine et les apôtres, de la résurrection de son fils. Que seroit-elle venue chercher au sépulcre ? Elle savoit que Jésus n'y étoit plus, qu'il étoit ressuscité depuis la première heure de la nuit; je suis même persuadée que la première apparition de Jésus fut pour elle : il lui devoit ce dédommagement des peines cruelles qu'elle avoit souffertes au pied de la croix. Continuez, miss Dorothée.

Miss DOROTHÉE.

Pierre et Jean coururent au sépulcre, l'examinèrent, et trouvèrent les linges qui avoient enveloppé Jésus, pliés proprement et avec ordre. Les anges leur dirent, comme aux femmes, qu'il étoit inutile de chercher parmi les morts celui qui étoit vivant. Leur incrédulité se dissipa, et ils se retirèrent pleins d'espoir; mais Madeleine ne put se résoudre à quitter ce lieu. Elle pleuroit à ce sépulcre, et disoit aux anges : Ils ont enlevé mon sauveur, et je ne sais où ils l'ont mis. Elle se baissoit de temps en temps pour regarder dans le sépulcre, comme si elle eût craint de s'être trompée, ou comme si elle eût espéré que ce corps qu'elle cherchoit viendroit s'y replacer. S'étant retournée, elle vit Jésus debout; et pensant que ce fût le jardinier, elle lui dit : *Seigneur, si c'est vous qui l'avez ôté, dites-moi où vous l'avez mis, et je l'emporterai.*

MISS BELOTTE.

Madeleine croyoit que toute la terre devoit être occupée comme elle de la perte de son sauveur. Elle suppose qu'on ne peut penser à autre chose, et que tous les hommes savent le funeste événement qui fait couler ses larmes.

LADY VIOLENTE.

J'en demande bien pardon à Madeleine, mais son discours n'étoit pas trop sensé. Quelle imagination d'aller croire qu'un jardinier s'avise de déterrer un mort! Et puis, s'il avoit pris ce corps, apparemment qu'il avoit eu quelque raison de le faire. Pouvoit-elle se flatter qu'il l'auroit rendu à la demande d'une personne qu'il ne connoissoit pas, et qui, n'en déplaise à cette bonne Sainte, devoit un peu avoir l'air d'une femme hors de sens?

LADY INCONSEQUENTE.

Il me semble, ma chère, que vous manquez de respect à sainte Madeleine; c'est ma patrone, au moins.

MISS DOROTHÉE.

Je suis de l'avis de lady Violente, et

plût à Dieu que je fusse folle, comme l'étoit alors Madeleine ; car il est très-sûr qu'elle ne savoit ce qu'elle disoit. Qu'auroit-elle fait de ce corps, quand on le lui auroit rendu ? *Je l'emporterai*, dit-elle. Oui, sans doute, elle le mettra sur son dos. Il faut plusieurs hommes pour porter un corps mort, tant il est lourd ; et une simple fille l'emporteroit ! Assurément, eût-elle répondu (car je crois la voir et l'entendre), oui, j'irai le chercher où l'on l'a mis, pourvu qu'on me le dise, fût-il chez Pilate, chez Caïphe, environné de soldats, je ne crains rien, je l'emporterai. Au reste, Mesdames, ces réflexions ne sont pas de moi ; je les ai lues dans les Méditations de Grenade.

MADEM. BONNE.

Cet auteur dit agréablement que l'esprit de Madeleine avoit été enseveli avec le corps de Jésus. Sa douleur et son amour touchèrent Jésus, qui lui dit de ce ton de voix auquel il l'avoit accoutumé : *Marie*. A ces mots, Madeleine essuie ses larmes, relève ses cheveux épars, et ayant envisagé celui qui lui parloit, son cœur et ses yeux le reconnurent en même temps. L'excès de sa joie lui liant la langue, elle se précipita à ses pieds, et ne put lui dire que ce mot : *Maître*.

LADY LOUISE.

Pourquoi Jésus ne voulut-il pas permettre à Madeleine de toucher et d'embrasser ses pieds? Cela ne pourroit-il pas donner occasion aux incrédules de dire qu'il n'avoit pas un corps réel?

MADEM. BONNE.

Non, ma chère, parce que Jésus se laissa ensuite toucher par ses apôtres. Les premières paroles de Jésus s'expliquent par les secondes. Madeleine craignant que son maître ne lui échappât de nouveau, fit l'action d'une personne qui voudroit en retenir une autre en le liant par ses bras. Jésus la rassure en lui disant qu'il n'est point encore remonté vers son père, qu'il doit rester quelque temps sur la terre et qu'elle le reverra. Miss Dorothée va nous parler de quelques autres apparitions de Jésus.

MISS DOROTHÉE.

La plus célèbre est celle qu'il fit aux

disciples assemblés, et dans laquelle il guérit l'incrédulité de Thomas. Cet apôtre, l'esprit fort de la compagnie, n'étoit point avec les autres la première fois que Jésus se montra à eux; et traitant de vision chimérique ce qu'ils lui racontoient, il protesta qu'il ne croiroit à cette résurrection s'il ne mettoit ses doigts dans ses plaies. Jésus voulut bien le satisfaire, et étant entré dans la chambre où étoient les apôtres, quoique les portes fussent fermées, il fit avancer Thomas et lui dit: Faites ce que vous avez prémédité. Mettez vos doigts dans l'ouverture de mes pieds et de mes mains. Mettez votre main dans la plaie de mon côté, et ne soyez pas incrédule, mais fidèle. Thomas ayant obéi à son maître, dit: *Vous êtes mon Seigneur et mon Dieu.* Jésus lui répondit: *Vous avez cru, Thomas, parce que vous avez vu. Bienheureux ceux qui croiront sans avoir vu!*

LADY LOUISE.

Ceux qui ont soutenu la résurrection de Jésus, prétendent qu'il ne faut pas prendre à la lettre tout ce qui regarde cette apparition, et voici comment ils s'expriment. La porte est un corps dur aussi bien que le corps humain ; or, il est impossible que deux corps durs se pénètrent mutuellement sans se briser.

MISS DOROTHÉE.

Pauvres gens qui prennent, pour mesurer les œuvres de Dieu, leurs petites lumières ! Dis-moi, mon amie, est-il plus difficile de passer à travers une porte fermée sans la briser, que d'affermir les eaux et d'y marcher comme sur un plancher solide ? Tu ne peux comprendre ce miracle. Comprends-tu comment de rien il a créé la matière qu'il vouloit employer à former le ciel et la terre ? Cela est bien plus absurde (pour employer ton terme favori), que de traverser une porte. On dit en proverbe : *On ne fait rien de rien.* Ce proverbe est un axiome lorsqu'il est question des hommes, parce que leur puissance est finie, mais celle de Dieu n'a point de bornes. Tu ne comprends pas ce dernier miracle, nie donc l'autre ; car, assurément, tu ne le comprends pas davantage. Dis, si tu l'oses, que la matière est éternelle, ou confesse que Dieu l'a créée de rien. Que si tu crois ce prodige, crois tous ceux que Dieu a eu la bonté de nous révéler, quand bien même tu les croirois contraires à tes petites lueurs, que ton orgueil te fait regarder comme des lumières infaillibles.

Miss SOPHIE.

Miss Dorothée se fâche sérieusement, ma Bonne, et il me semble que c'est inutilement. Ces gens confessent et soutiennent que Jésus est ressuscité : voilà le grand point. Qu'il soit entré après cela dans le lieu où étoient les apôtres, la porte fermée ou poussée, il me semble que cela n'importe guères : on devroit leur accorder cette bagatelle pour le bien de la paix.

MADEM. BONNE.

Je ne puis être de votre avis, ma chère ; si on se donnoit la liberté de changer quelque chose dans la sainte Ecriture, ou d'en tordre le sens, nous ne saurions bientôt plus à quoi nous en tenir.

Miss BELOTTE.

Je vous y prends, ma Bonne ; vous venez de donner une explication à ces paroles de Jésus : *ne me touchez pas* ; et vous ne voulez pas que les autres en donnent !

MADEM. BONNE.

Je suis charmée de votre remarque, ma chère : elle nous donnera occasion de vous en faire une autre. Partageons tout ce qui est dans l'Evangile en trois classes. Dans la première nous mettrons toutes les vérités qu'il faut croire, qui servent de fondement, de base à la religion chrétienne. Celles-là y sont expliquées clairement, distinctement au moins dans un endroit, quoiqu'il arrive souvent qu'après cette explication précise il en soit parlé d'une manière moins claire.

LADY LOUISE.

Je ne comprends pas cela, ma Bonne : ayez la bonté de nous en donner un exemple.

MADEM. BONNE.

Il est dit plusieurs fois dans l'Écriture, en parlant de Jésus, *le fils de l'homme*. Cette dénomination que Jésus se donne souvent lui-même, ne peut tromper, parce que saint Jean a établi clairement, au commencement de son Evangile, que le verbe étoit Dieu, et que les trois autres évangélistes nous ont dit positivement que Jésus, né de la vierge Marie, a été conçu par l'opération du Saint-Esprit. Ainsi la vérité dans l'Ecriture commence à être proposée clairement, nettement, sans équivoque, sans parole. Dans l'ancien Testament, l'agneau pascal est d'abord donné comme la victime immolée pour le passage; ensuite on nomme l'agneau pascal, la pâque, le passage. Le sacrifice pour le péché est quelquefois appelé le péché; mais comme on sait ce qu'est la chose dont on parle, ces expressions ne font aucune équivoque et n'arrêtent point.

Dans cette classe des choses que nous devons croire, la résurection de Jésus qui nous est un gage de la nôtre, tient le premier rang. Les miracles qui ont été faits pour prouver cette résurrection, doivent être crus comme la résurrection elle-même; chercher à changer la manière de ces miracles, c'est donner atteinte au dogme qu'ils établissent.

LADY VIOLENTE.

Notre Seigneur en seroit-il moins ressuscité, ma Bonne, quand il ne seroit pas entré dans le lieu où étoient les apôtres les portes fermées ? Vous voyez que ceux qui nient cette circonstance conviennent de la résurrection.

MADEM. BONNE.

Et nient les qualités des corps glorieux dont l'un est la subtilité; d'ailleurs, vous devez remarquer, Mesdames, le motif qui les engage à vouloir changer le sens de ces paroles : c'est leur incrédulité ; or, il est pitoyable, comme miss Dorothée vous l'a fait remarquer, à de pauvre êtres tels que nous sommes, de refuser de croire une chose, seulement parce que nous ne pouvons la comprendre.

La seconde classe des choses qui sont dans l'Evangile renferme tout ce que nous devons faire, et je dis de celles-là ce que j'ai dit des premières.

Enfin, la troisième renferme certaines circonstances qui n'influent sur rien, et qu'on peut entendre d'une manière ou d'une autre, sans nuire à aucun dogme et sans altérer la morale de l'Evangile. Qu'il y ait eu, ou non, des animaux dans l'étable où Jésus est né, cela ne change rien à sa divine puissance. Que les mages aient trouvé Jésus dans l'étable, ou qu'après quelques jours la foule des étrangers s'étant dissipée, Joseph ait trouvé un logement dans Bethléem, où il ait reçu la visite des mages, cela importe peu. L'Evangile dit qu'ils entrèrent dans la maison, ou plutôt que l'étoile s'arrêta sur la maison. Etoit-ce, ou non, l'étable qu'elle entendoit par ce mot *maison*? Nous n'en savons rien; cependant on ne fait point un crime aux peintres de mettre cette visite dans l'étable, et de nous représenter un bœuf et un âne aux deux côtés de la crêche; on leur en laisse la liberté, parce que cela ne tire à aucune conséquence. Je dis aussi: que Madeleine ait touché, ou non, aux pieds du Sauveur, cela ne fait rien à la vérité de sa résurrection, puisque vous voyez que Thomas les toucha. J'ai donc pu augurer des paroles qui suivent, que Jésus cherchoit à la rassurer contre une absence subite. Au reste, je serai toujours prête à me retrancher cette liberté, si mon Eglise y trouvoit à redire, quand même je l'eusse fait sans mauvaise intention.

BELESPRIT.

Permettez-moi de rappeler ce que nous a dit miss Dorothée; cela m'a donné occasion de faire une découverte qui n'est pas à la louange de mon jugement. Je n'avois jamais distingué l'absurde par rapport aux hommes, de l'absurde par rapport à Dieu. Attendez, je m'explique mal: je devois dire l'impossible par rapport aux hommes, et je le confondois avec l'absurde. Le vrai absurde est une chose qui réuniroit deux choses contradictoires; par exemple, une chose ne peut pas exister et être le néant. Il seroit ridicule de dire que Dieu pourroit réunir ces deux contraires; car il est la raison souveraine, et par là même il ne peut jamais vouloir l'absurde : ce seroit se contredire lui-même. Il est d'autres choses qui ne renferment aucune contradiction réelle, quoiqu'elles puissent nous paroître absurdes, vu l'impossibilité où nous sommes de les faire, ou même de les comprendre. L'homme connoît certaines lois dans la nature, qu'il regarde comme immuables, parce qu'il ne pourroit pas les changer; dès-là, il ne croit pas qu'il fût possible de le faire; et sans bien penser à la définition du mot qu'il prononce, il dit : Cela est absurde; au lieu de dire: Cela est impossible à l'homme. Toutes les fois que je mettrai sur l'eau un volume plus pesant que le volume d'eau qui le soutient, il faudra que l'eau, qui est la plus foible, cède à l'impulsion de cette chose qui sera plus forte qu'elle, et que cette dernière enfonce. Dites à un homme qui sait que Dieu commande à la nature, que cette loi a été violée par un ordre exprès de l'auteur de cette même nature, il ne me dira pas : La chose est impossible à Dieu, s'il l'a voulu; toutes ses recherches aboutiront à s'informer si Dieu l'a voulu; car il sait que le législateur peut déroger à sa loi pour de bonnes raisons. L'incrédule, au contraire, parce que la chose énoncée est physiquement impossible, en conclura qu'elle est absurde, et donnera la préférence à sa raison sur la raison d'un Dieu. Voilà une des principales causes de mes erreurs passées; je voulois tout mesurer à ma puissance, ou du moins à mes lumières, qui, étant très-courtes, ne pouvoient que m'induire en erreur.

MADEM. BONNE.

Ajoutez qu'il y a une infinité de lois naturelles que nous ignorons. Un sauvage, physicien à sa manière, aura conçu que le propre des corps est la pesanteur, par conséquent que tout corps qui n'est pas soutenu par un autre, doit rechercher son centre qui est la terre. Dites à cet homme que vous pouvez faire déroger un corps à cette loi universelle ; que vous en trouverez qui s'éloigneront de la terre qui est leur centre, et qui s'éleveront en l'air, y resteront suspendus, quoiqu'ils soient plus pesans que l'air : cet homme criera à l'absurdité. Opérez ce prodige à ses yeux ; élevez un morceau de fer par le moyen de l'aimant, il criera au miracle. Nous sommes souvent dans le cas du physicien du Nouveau Monde, et nous ne pouvons être trop modérés dans nos assertions quand il est question ou des œuvres de Dieu, ou des causes occultes.

MISS CHAMPÊTRE.

Cet avertissement me fait grand bien. Je vis avec des rationalistes qui me disent souvent : Pour croire cela, il faudroit renverser toutes les règles de la physique et anéantir les lois naturelles. Ce raisonnement est ridicule par rapport à Dieu; tout lui est assujetti, et il n'est assujetti que par sa sagesse. Cela ne vaut rien à dire non plus par rapport à une infinité de choses naturelles; les hommes sont trop ignorans dans la physique pour décider si hardiment. Pour une chose qu'ils connoissent, ils en ignorent dix mille : la soumission et la modestie doivent être leur lot. Tous leurs petits raisonnemens ne borneront pas le pouvoir de Dieu.

LADY LOUISE.

Voilà une réponse universelle faite d'avance aux objections des avocats de la résurrection. Ils prétendent que quand Jésus-Christ dit à saint Thomas : *Mettez votre main dans mon côté, et vos doigts dans les trous de mes pieds et de mes mains*, cela veut dire : Touchez l'endroit où ont été ces plaies, parce qu'il est impossible que ces ouvertures se soient conservées dans un corps vivant.

MISS DOROTHÉE.

J'aime beaucoup, moi, à entendre ces raisonneurs. Il sembleroit, selon eux, que le Saint-Esprit ne savoit pas la langue, et que Jésus l'ignoroit. Si j'ai la main percée, je dirai : Mettez votre main dans ce trou. Si le trou est rempli, je dirai : Touchez cette cicatrice. Il seroit ridicule de parler autrement ; et si on se mêle de tordre ainsi l'Ecriture, que n'y trouvera-t-on pas ? Jésus a dit une chose : qu'on ne vienne pas me dire qu'il vouloit en dire une autre. S'il l'eût voulu, il l'eût fait : le hasard ne dirigeoit point ses paroles ; elles étoient dictées par sa sagesse, et sont la souveraine vérité.

MADEM. BONNE.

Jésus apparut encore un grand nombre de fois à ses disciples : vous trouverez dans l'Evangile le détail de toutes ses apparitions. Il mangea, but avec ses apôtres, leur fit toucher son corps, et n'omit rien pendant quarante jours pour affermir leur ame foible et grossière dans la foi de la résurrection. Enfin, ce fut en présence non-seulement de ses douze apôtres, mais encore de tous ses disciples, qu'il s'éleva dans le ciel par sa propre vertu : miracle bien capable de confirmer celui de sa résurrection.

Miss SOPHIE.

Ah ! ma Bonne ! Pourquoi a-t-il choisi la montagne des Oliviers pour monter au ciel, et non pas une des places publiques de la ville de Jérusalem ? Les plus incrédules auroient été forcés de se rendre.

Madem. BONNE.

Vous le croyez, ma chère. Ils ne doutèrent point de la résurrection du Lazare. Ce miracle opéra-t-il leur conversion ? Non : il redoubla leur rage. Il est un point d'endurcissement où les plus grands miracles se feroient en vain ; ils effrayeroient, et ne convertiroient pas. D'ailleurs, l'abus des grâces en tarit la source. Des peuples moins crédules et moins criminels que les Juifs, alloient leur être substitués. Enfin les grands miracles restoient à faire, et ceux qui s'opérèrent après l'ascension sont au moins aussi étonnans que ceux qui l'avoient précédée.

Miss BELOTTE.

Avons-nous autre chose à ce sujet que ce qui est écrit dans les Actes des

Apôtres? Il me semble qu'il n'y a pas autant de miracles que dans l'Evangile.

MADEM. BONNE.

Quand il n'y auroit que les événemens qu'on a coutume d'appeler miraculeux, nous y en trouverions un grand nombre; mais j'y en vois d'incomparablement plus grands, auxquels vous n'avez pas pensé, j'en suis sûre.

Premier miracle arrivé après l'ascension : Le changement prodigieux arrivé dans la personne des apôtres, immédiatement après la descente du Saint-Esprit.

Seconde classe de miracles : Les guérisons extraordinaires.

Enfin, nous trouverons un troisième ordre de miracles dans l'établissement de la religion chrétienne.

Serez-vous satisfait, Monsieur, si je vous prouve la multitude des miracles que je vous annonce? Croirez-vous en Jésus-Christ?

LE RABBIN.

Et comment prouver des faits arrivés dans des temps si éloignés? Qui m'empêchera de nier absolument les événemens prétendus miraculeux, dont vous voulez amuser notre crédulité ?

MADEM. BONNE.

Qui vous en empêchera, Monsieur ? Le bon sens, votre conscience. Je vous dirai pourtant que vous pouvez croire ou nier à votre gré les prodiges opérés par les apôtres dans la guérison des corps, cela m'est parfaitement égal. Il en est un dont les effets subsistent, et dont il faudra convenir. Je vous répéterai ce que saint Augustin disoit aux incrédules de son temps :

Si tu nies les miracles, tu n'y gagnes rien, incrédule. La conversion de l'univers sans miracles, est un plus grand miracle que ceux qui l'ont produit. Nous remettrons cet examen à la première fois.

QUATRIÈME JOURNÉE.

LADY MÉRY.

J'AI réfléchi, ma Bonne, sur notre dernière conversation, et il me semble que vous n'avez pas tenu la parole que vous nous aviez donnée : vous nous aviez annoncé les plus grandes preuves de la résurrection de Jésus-Christ, et elles se bornent au témoignage d'un petit nombre de personnes, toutes intéressées à la soutenir.

MADEM. BONNE.

Je ne vois point du tout quel intérêt les apôtres auroient eu à soutenir la résurrection de Jésus-Christ. Mettons-nous à leur place, ma chère Méry. Supposons qu'un homme, que nous aurions cru un Saint, nous eût trompées et engagées dans de mauvaises affaires, n'est-il pas vrai qu'au moment où nous découvririons qu'il n'est qu'un trompeur, un fourbe, un hypocrite, nous abandonnerions sa défense, et ne serions pas d'humeur à nous sacrifier pour lui ? Voilà le cas des apôtres, si Jésus n'est pas ressuscité.

LADY LOUISE.

L'entêtement peut engager un homme à soutenir une erreur, quoiqu'il l'ait reconnue pour telle : on ne veut pas avouer qu'on s'est trompé.

MADEM. BONNE.

A la bonne heure, un homme, j'en connois d'assez entêtés pour cela. Mais ici, ce sont les douze apôtres; ce sont les soixante et douze disciples; ce sont les saintes femmes qui avoient suivi Jésus. Il n'est pas naturel de penser que ce grand nombre d'hommes eussent tous la manie de se faire écharper pour soutenir une tromperie.

MISS DOROTHEE.

Ni que Jésus les eût choisis, tels qu'ils étoient, pour en faire les témoins d'un mensonge aussi pénible à soutenir. Si Jésus eût été un imposteur, avouons du moins qu'il avoit engagé tant de personnes à le suivre, sans qu'il les eût séduites par aucune des choses qui déterminent le commun des hommes. Or un homme d'esprit devoit connoître à fond ses disciples, et savoir à quoi ils étoient propres. Je dis, moi, si Jésus n'étoit pas Dieu, son entreprise n'avoit pas le sens commun. Il n'y avoit pas la moindre proportion entre son dessein et les moyens qu'il employoit pour le faire réussir.

Miss SOPHIE.

Je n'entends point du tout votre dernière proposition, ma chère.

Miss DOROTHÉE.

Un homme veut labourer un champ, cultiver une terre. Voilà son dessein. La culture de cette terre est une *fin*. Il lui faut des moyens pour parvenir à cette fin. Quels sont ces moyens? Des laboureurs qui entendent l'agriculture, qui joignent à un corps vigoureux l'amour du travail. Je dis que ces laboureurs instruits, robustes et laborieux sont des *moyens* qui conviennent parfaitement à sa *fin*, qui est de cultiver sa terre. S'il vouloit, pour exécuter son dessein, choisir des professeurs de l'université, des malades ou des paresseux, je dirois qu'il ne parviendroit pas à sa fin, parce qu'il n'auroit pas connu les moyens, ou auroit négligé de s'en servir.

Lady VIOLENTE.

Selon ce principe qui est incontestable, il faut dire, humainement parlant, que jamais entreprise ne fut plus mal concertée que celle de Jésus, parce que ses moyens sembloient contradictoires à sa fin. Quand je vais du côté de la Tour, et que j'envisage les pêcheurs de poissons, dont le plus grand nombre n'a que la figure d'homme, tant ils sont grossiers et stupides, je ne puis m'empêcher de penser, voilà pourtant ce qu'étoient les apôtres! N'étoit-ce pas de belles troupes pour subjuguer l'univers? Je reviens toujours aux comparaisons. Que diriez-vous d'un homme qui voudroit établir une nouvelle religion en Angleterre, et renverser de fond en comble celle qui y est établie, s'il employoit pour cette entreprise ces gens-là, dont l'ignorance, la grossièreté, la stupidité même sont notoires? Nous sifflerions cet impudent, et nous regarderions son entreprise comme une sottise du premier ordre.

LADY MÉRY.

Croyez-vous, ma chère, qu'il fût impossible, parmi ce grand nombre d'hommes, d'en trouver une douzaine qui, à un bon gros sens naturel, joignissent assez de simplicité pour se croire capables d'une telle entreprise, sur la foi d'un habile imposteur, et qui eussent assez d'opiniâtreté pour soutenir les plus grands travaux, afin de remplir une mission à laquelle ils se croiroient appelés d'une manière miraculeuse? Cela ne me paroît pas impossible.

LADY VIOLENTE.

Nous avons plus de trente mille matelots, ma chère, et j'avoue que sur ce grand nombre il ne seroit pas impossible de trouver douze cerveaux fêlés, capables de concevoir un tel dessein. Mais oseriez-vous croire qu'ils fussent en état de l'exécuter? et avez-vous assez mauvaise opinion des Anglais pour croire qu'ils se laisseroient entraîner aux impressions d'une vile canaille? Je ne le crois pas, au moins. Vous dites que ces gens-là seroient animés par l'idée d'une vocation divine. A la bonne heure, si leur chef conservoit chez eux la réputation d'homme inspiré; mais s'ils le reconnoissoient menteur, tout seroit fini.

LADY MÉRY.

On est bien fou dans notre siècle, ma chère; et pour employer, comme vous, les exemples, permettez-moi de vous rappeler aux progrès des méthodistes. Les patriarches de cette nouvelle secte ont-ils plus d'esprit que les apôtres? Cependant ils gagnent insensiblement.

LADY VIOLENTE.

J'avoue à votre honte qu'ils n'ont que trop de partisans ; mais il y a plusieurs choses à considérer. D'abord, ce qu'ils enseignent n'est pas nouveau. C'est la doctrine annoncée à Dordrech et adoptée dans notre église, où elle a été suivie assez long-temps. Secondement, ils n'attaquent point le dogme dominant, et si dans la vérité ils abandonnent la foi de notre église, ils feignent et affectent d'en être encore membres : ils communient avec nous. Troisièmement, leur doctrine flatte la passion la plus chère à l'homme, l'orgueil ; j'aurois dû y ajouter la paresse. Les motifs de leurs chefs sont assez connus, et vous verrez que les apôtres en ont eu de tout différens. Enfin, les progrès de ces gens-là ne sont pas aussi prodigieux que vous le pensez : je défie qu'on en compte deux sur mille. Quelle comparaison avec ceux des apôtres dans la seule ville de Jérusalem ! Que dire de ceux qu'ils firent dans le monde entier !

MADEM. BONNE.

Ajoutez que les apôtres avoient tous

les défauts propres à faire échouer leur entreprise : ils étoient foibles, lâches ; leurs sentimens étoient absolument contraires à ceux que leur chef vouloit établir. Que Jésus fût Dieu ou qu'il ne le fût pas, il est certain qu'il vouloit faire recevoir des vérités incompréhensibles et contraires à tous les dogmes reçus dans l'univers, la pratique du mépris des richesses, le renoncement aux honneurs, aux plaisirs des sens, la mortification des passions, le renoncement à soi-même, etc..... Or, les apôtres avoient tous les défauts opposés à ces vertus. Les uns vouloient faire descendre le feu du ciel sur ceux qui refusoient de les recevoir. Tous disputoient sur les premières places. Ils étoient dominés par les sens et si stupides, que Jésus étoit obligé de leur expliquer en particulier les choses les plus claires. Mais que dire de leur lâcheté ? Vous trouveriez à peine un matelot à Londres, qui voulût abandonner son camarade dans le danger d'une entreprise qu'ils auroient commencée en commun ; et c'est leur chef qu'ils abandonnent, qu'ils méconnoissent, qu'ils fuyent une heure après avoir juré de mourir pour lui. A la première apparence du péril, les voilà effrayés, dispersés. Ce maître avoit fait devant eux les plus grands miracles : ils ne s'en souviennent plus. Ils ne comptent plus sur ses promesses. Qui n'eût juré, sur ces apparences, que l'édifice que Jésus avoit commencé à édifier étoit renversé ! Nous ne voyons pas un seul des apôtres, dans ces momens critiques, reprocher aux Juifs leurs injustices à l'égard d'un innocent; leurs langues sont liées par la crainte. Du moins, dans une pareille occasion, nos matelots eussent-ils crié, tempêté, menacé.

MISS DOROTHÉE.

Pour rendre plus frappant le miracle, selon moi, le plus prodigieux, je vais, avec la permission de ma Bonne, opposer à ce tableau des apôtres transis de peur, celui de ces mêmes apôtres cinquante jours après. Ce sont de nouveaux hommes : leur timidité disparoît; Pierre, qui l'a renié avec exécration à la voix d'une simple servante, dit hardiment en présence d'une multitude : Celui que vous avez crucifié est le Christ, le Messie promis par les prophètes, désiré par les rois. Nous l'avons vu ressusciter comme il nous l'avoit promis. Nos mains l'ont touché, non pas une fois, mais plusieurs : nous avons mangé avec lui, nous lui avons parlé pendant quarante jours, nous l'avons vu monter au ciel. Ce que nous vous disons, nous sommes prêts à le signer de notre sang ; emprisonnez-nous, fouettez-nous, conduisez-nous au supplice, nous sommes déterminés à tout souffrir pour soutenir sa divinité et sa doctrine. Nous ferons plus : cette doctrine est pénible à la nature ; elle nous laisse absolument pauvres, dénués de tout ; elle va nous exposer à votre haîne, à vos mépris, à vos persécutions, nous en sommes sûrs, car Jésus nous l'a prédit : n'importe, nous la prêcherons, nous la pratiquerons jusqu'au dernier soupir ; malgré vous elle prévaudra non-seulement dans la Judée, mais encore par toute la terre.

MADEM. BONNE.

Il n'y a pas un mot à ajouter à cela. Eh bien, lady Méry, vous me demandiez des miracles pour appuyer celui de la résurrection ; êtes-vous contente? En voulez-vous de plus éclatans? Seroit-il possible d'en imaginer de plus grands?

LADY MÉRY.

Non, assurément, ma Bonne, ce changement des apôtres ne put être naturel, je me rends.

MISS DOROTHÉE.

Hélas, ma Bonne! je suis en état d'apprécier ce miracle beaucoup plus sûrement que ces dames. Depuis quatre ans je travaille à changer de peau, pour ainsi dire. Le désir de me sauver, la crainte d'être malheureuse et en ce monde et dans l'autre, l'envie de plaire à ma mère et à vous, la crainte de mes remords, des répréhensions, des châtimens même, mon orgueil humilié de mes défauts, tout m'engage en un mot à changer de caractère; et cependant il subsiste malgré mes efforts. Je suis pourtant dans un âge où rien ne lie fortement, où l'on peut se ployer : j'ai des lumières vives, de bons conseils. Je ne dis rien que vous ne connoissiez, Mesdames. Eh bien! si je me relevois demain matin douce, charitable, obéissante, laborieuse, pleine de mépris pour les plaisirs, brûlante de l'envie de me sacrifier pour Dieu, souffrant de bon cœur qu'on m'humilie, qu'on me maltraite, prête à me laisser fouetter par la main du bourreau, couper la tête, tuer à coups de pierres, et tout cela avec joie, avec ravissement, en priant pour mes persécuteurs, croiriez-vous cet événement naturel? Seroit-il raisonnable de penser qu'il se fût opéré sans miracle?

LADY VIOLENTE.

Non, assurément, ma Bonne. On en pourroit dire tout autant de moi. Je suis bien sûre que l'on crieroit au miracle, même dans ce pays où l'on n'a pas un grand penchant à les croire possibles.

MADEM. BONNE.

Pourquoi donc regarderions-nous celui qui s'est opéré dans les apôtres comme naturel? Miss Dorothée a fort bien remarqué qu'ils étoient dans un âge où il est comme impossible de changer de caractère. Mais faites attention, Mesdames, que ce grand miracle étoit soutenu par une infinité d'autres. Lequel de tous ces miracles vous frappe le plus, miss Belotte?

Miss BELOTTE.

C'est celui de cet homme perclus de tous ses membres, que toute la ville connoissoit, parceque, depuis un grand nombre d'années, on le portoit tous les jours à la porte du temple pour demander l'aumône. Il la demande à Pierre et à Jean, qui lui répondent : *Nous n'avons ni or ni argent à vous donner; mais au nom de Jésus, levez-vous et marchez.* En même temps ils le prennent par la main : cet homme se lève, saute pour s'assurer lui-même de la réalité de sa guérison, après quoi il va, vient par la ville, et va faire admirer à tout le monde le miracle que le nom de Jésus a opéré en lui.

Miss DOROTHÉE.

Ajoutez à ce miracle un autre d'une nature bien opposée : c'est l'endurcissement des pharisiens et d'une partie du peuple. Le conseil des Juifs ne peut se refuser à la vérité de cet événement miraculeux, et, au lieu de s'y rendre, il défend aux apôtres d'enseigner au nom de

Jésus. Ah ! malheureux ! que le funeste souhait que vous avez formé s'accomplit en vous d'une manière bien funeste! *Que son sang retombe sur nous et sur nos enfans*, avez-vous demandé. Hélas! il y retombe d'une manière terrible et redoutable. Ce sang précieux qui fait fendre les pierres, endurcit vos cœurs. Pardon, Monsieur, de cette exclamation ; elle m'a échappé, je vous assure. Je ne pensois pas que vous étiez là ; si j'y avois réfléchi, je me serois modérée.

LE RABBIN.

Continuez, sans penser à moi, Mademoiselle. Ces reproches ne me regardent point à présent : mes yeux sont ouverts ; continuez comme si je n'y étois pas.

MADEM. BONNE.

Ce sera pour entrer dans vos vues, Monsieur, que nous suspendrons nos félicitations à votre égard ; mais qui pourroit modérer nos actions de grâces au Seigneur? Forcées de les renfermer au fond de nos cœurs, elles n'en seront pas moins vives. Nous allons continuer à parler de la suite des miracles opérés au nom de Jésus, et du châtiment exercé contre les ennemis de Jésus. C'est à vous, lady Louise.

LADY LOUISE.

Dois-je mettre au rang des miracles la tranquillité de saint Pierre, la veille du jour où il devoit être mis à mort? Je vous avoue, ma Bonne, que cette intrépidité me frappe.

MADEM. BONNE.

Comme cette tranquillité n'est pas dans la nature, et qu'elle lui est absolument contraire, sur-tout dans un homme tel que celui dont il s'agit, il faut la ranger dans l'ordre des choses miraculeuses. Rappelez-nous cette histoire, lady Méry.

LADY MÉRY.

Hérode fit couper la tête à l'apôtre saint Jacques; et voyant que cette exécution avoit fait plaisir aux Juifs, il fit arrêter saint Pierre, et résolut de le traiter de la même façon, après une fête qui se célébroit alors. La nuit qui précéda le jour de son supplice, Pierre, lié de grosses chaînes, dormoit tranquillement entre les deux gardes qu'on lui avoit donnés. Un Ange étant descendu dans la prison, poussa Pierre pour le réveiller, et ayant touché ses chaînes, elles tombèrent d'elles-mêmes. Il dit ensuite à Pierre de mettre ses souliers, sa ceinture, et de le suivre. Pierre lui obéit, ils passèrent à travers les gardes, et étant arrivés à la porte de fer, elle s'ouvrit d'elle-même; ils gagnèrent ensuite la rue. L'ange quitta Pierre, et ce fut alors qu'il s'aperçut que tout ce qui s'étoit passé étoit réel; jusque-là il l'avoit regardé comme un songe. Après avoir remercié Dieu, il fut chez la mère de saint Marc, où les disciples s'étoient assemblés et prioient. Ayant frappé à la porte, une jeune fille effrayée de voir frapper à une heure si indue, ne voulut point ouvrir, et demanda qui c'étoit, à travers la porte; saint Pierre ayant répondu, elle en eut une si grande joie, qu'au lieu de lui ouvrir elle courut en haut annoncer cette bonne nouvelle. Il y avoit si peu d'apparence à ce qu'elle disoit, que les disciples refusèrent de la croire, et dirent qu'apparemment c'étoit l'ange de Pierre. Pendant tout ce temps il restoit à la rue, et continuoit à frapper : on lui ouvrit enfin; et Hérode fut si piqué de son évasion, qu'il fit couper la tête à ceux auxquels il avoit confié la garde de cet apôtre.

MISS BELOTTE.

Pourquoi faire couper la tête à ces pauvres gens, pendant qu'on ne fit rien à ceux auxquels on avoit confié la garde du sépulcre de Jésus?

MADEM. BONNE.

J'ai déjà fait cette remarque, ma chère. C'est qu'on n'avoit rien à craindre de ces derniers, qui réellement n'avoient rien vu, puisqu'ils dormoient, au lieu que les gardes du saint sépulcre étoient très-éveillés au moment de la résurrection. Vous sentez qu'il n'étoit pas question de punir ceux-là, et qu'au contraire il falloit leur fermer la bouche par des récompenses.

MISS BELOTTE.

Je ne puis m'empêcher de rire, malgré le sérieux que ces grandes matières inspirent, en pensant au transport de joie de cette jeune servante, qui laisse bravement saint Pierre dans la rue, pour annoncer aux disciples qu'il est délivré.

LADY VIOLENTE.

La naïveté avec laquelle l'historien sacré écrit, me plaît infiniment. Mais, miss Belotte, votre grand'maman qui soutenoit si vivement, l'autre jour, l'existence des anges gardiens, ne pensoit pas à ce passage de l'Écriture, qui pouvoit en un moment décider de la question. On croyoit, du temps des apôtres, que les hommes ont des anges gardiens.

LADY CHAMPÊTRE.

Belle conséquence! Quand saint Pierre auroit eu un ange gardien, en faudroit-il conclure que tous les fidèles en ont? Comme si Dieu ne pouvoit pas accorder à quelques Saints des grâces particulières, qui ne tirent point à conséquence pour le général! Pour moi, je pense comme le plus grand nombre des docteurs de l'Église anglicane, qui nient que les hommes ayent des anges gardiens: cela va à l'idolâtrie.

MISS DOROTHÉE.

J'en fais mon compliment à ces docteurs, et à vous, Madame. Vous avez tous plus de lumières que Jésus-Christ qui n'a pas prévu cet inconvénient, et qui nous dit dans l'Evangile : *Prenez garde de scandaliser un de ces petits, car leurs anges dans le ciel voyent toujours la face du Père céleste.* Mais peut-être ces enfans faisoient aussi exception à la règle ?

MADEM. BONNE.

Point de controverse, s'il vous plaît, Mesdames, et sur-tout beaucoup de douceur ; retenez-le bien, miss Dorothée. Lady Violente, continuez de nous parler des principaux miracles qui ont accompagné la prédication de l'Evangile.

LADY VIOLENTE.

Je suis moins frappée des faits miraculeux dans l'ordre physique, que de ceux qui arrivent dans l'ordre de la grâce. Ainsi je passe par-dessus la résurrection de cette femme qui donnoit des habits aux veuves, de celle de ce jeune homme qui, pour s'être endormi sur une fenêtre pendant le sermon, tomba de plusieurs étages, et se tua ; et enfin sur une infinité d'autres miracles, pour en venir à la conversion de Saint-Paul.

Miss SOPHIE.

Et pourquoi trouvez-vous cette conversion plus miraculeuse que la résurrection d'un mort?

Lady VIOLENTE.

C'est que la nature ne résiste point à son auteur, et malheureusement nos cœurs peuvent lui résister, et lui résistent souvent. Saint-Paul, à la vérité, se rendit du premier coup; mais, enfin, il pouvoit ne pas se rendre.

Le RABBIN.

Je connois peu cette partie de l'histoire du christianisme : faites-moi le plaisir de nous raconter l'histoire de Saint-Paul.

Lady VIOLENTE.

C'étoit un des plus grands zélateurs de la loi de Moïse, ennemi juré par conséquent de tous les chrétiens, qui vouloient lui substituer une loi nouvelle. Il fut un des accusateurs du premier martyr Saint-Etienne; et pendant qu'on le lapidoit, ceux qui faisoient cette exécution mirent leurs habits aux pieds de Paul qu'on appeloit Saul en ce temps-là. Il ne fut point touché de la charité du saint martyr qui, étant prêt à rendre l'ame, consacra ses dernières paroles à demander miséricorde pour ceux qui lui ôtoient la vie. Au contraire, le sang du saint diacre sembla l'enivrer de fureur : il se fait le satellite des pharisiens, traîne en prison, dans Jérusalem et aux environs, des disciples de Jésus ; ayant appris qu'il y en avoit un grand nombre à Damas, il sollicite un ordre du conseil des Juifs pour s'autoriser à les tourmenter. Muni de ces cruels pouvoirs, il prend le chemin de cette ville, accompagné de soldats, et le bruit de sa venue le précédant, les fidèles se préparent à la persécution et n'ont garde de prévoir que ce loup ne doit entrer dans Damas que changé en agneau. Tout d'un coup, en plein midi, temps le moins propre aux illusions, il est environné d'une grande lumière, terrassé et renversé de dessus son cheval ; une voix se fait entendre et pénètre son cœur encore plus qu'elle ne frappe son oreille. *Saul, Saul*, *pourquoi me persécutes-tu*, lui dit-on? Qui êtes-vous, Seigneur, demande ce persécuteur? *Je suis Jésus que vous persécutez*, lui répond-on. *Il vous est dur de regimber contre l'aiguillon. Seigneur, que vous plaît-il que je fasse*, dit Paul? Le voilà métamorphosé, changé, déterminé à tout faire; enfin, le voilà converti et devenu un des plus zélés disciples du Seigneur. Or cette conversion, indépendamment des prodiges qui s'opérèrent, me paroît un des plus grands miracles. Qu'en dites-vous, Monsieur?

LE RABBIN.

Permettez-moi de m'armer d'incrédulité pour dissiper tout ce qui pourroit retarder les progrès de ma foi naissante. Ne pourroit-on pas réduire à fort peu de chose les prodiges qui accompagnèrent cette conversion? Un accident peut renverser un homme de son cheval: sa chûte l'effraye, il croit entendre une voix. Pour mettre ce miracle hors de doute, il eût fallu qu'il eût été sensible à ceux qui étoient avec Paul.

LADY VIOLENTE.

Aussi le fut-il, Monsieur; ils virent la

lumière, entendirent la voix, mais l'Écriture remarque qu'ils ne virent personne ; ce qui donne à entendre clairement que Paul eut une vision : aussi, lorsqu'il fut présenté aux apôtres, il leur dit que le Seigneur Jésus lui étoit apparu dans le chemin. D'ailleurs il fut frappé d'un aveuglement qui dura trois jours, en sorte qu'il fallut le conduire. Mais, Monsieur, je vous l'ai dit, je pense à peine à ces circonstances : le changement du cœur de Paul m'occupe toute entière, et me paroît beaucoup plus surprenant que tout le reste.

MADEM. BONNE.

Et voici ce qui donne le dernier trait à ce grand miracle. Pour faire changer un homme de parti, il faut convaincre son esprit par des raisons, ou séduire son cœur par des promesses. Ici le Seigneur n'emploie point les raisons, mais l'autorité, autorité subordonnée pourtant à la liberté de Paul. Jésus ne lui dit pas : Il vous est impossible de regimber contre l'aiguillon ; mais il vous sera *dur*, pénible, difficile. Pour des promesses, Mesdames, Ananie les lui fit de la part de Dieu. *Je lui ferai voir combien il doit souffrir pour ma gloire.*

MISS DOROTHÉE.

En vérité, il n'y avoit pas là de quoi séduire son cœur : on n'est point friand de souffrances. Il paroît, ma Bonne, que Dieu a bien tenu la parole qu'il avoit donnée à Saint Paul : il a prodigieusement souffert pour ce nom qu'il persécutoit, et c'est ce qui couronne le miracle. Abandonner un parti qu'on chérissoit jusqu'à la fureur, non-seulement sans pouvoir rien espérer de son changement, mais encore quand on en a tout à craindre, cela n'est point naturel. On en peut dire autant des autres apôtres ; qu'avoient-ils à gagner en prêchant Jésus-Christ ?

MISS SOPHIE.

On peut appliquer ce raisonnement à tous les chefs de parti. Qui peut engager M. W..... à établir la secte des méthodistes qui est assurément très-sévère ? Qu'y a-t-il pour lui à gagner ?

MADEM. BONNE.

Un carrosse, ma chère, et auparavant il alloit à pied, beaucoup de bien, et il étoit gueux comme un peintre. Il a établi une secte très-austère : oui, mais ni lui ni ses autres apôtres ne la pratiquent point.

LADY LOUISE.

Ne continuerons-nous pas le récit des miracles que firent les apôtres? Cela est si beau !

MADEM. BONNE.

Il faudroit un temps trop considérable pour les rapporter tous. Qu'il vous suffise de savoir que l'ombre de Pierre guérissoit les malades, et qu'on les exposoit dans les rues où cet apôtre devoit passer, afin qu'ils fussent touchés de cette ombre. Les mouchoirs qui avoient touché à Saint Paul produisoient le même effet : jugez par là du nombre de ces guérisons.

LADY MÉRY.

Ce temps étoit bien malheureux pour les médecins, qui sans doute perdirent leurs pratiques. Tenez, ma Bonne, je jurerois qu'ils furent les plus ardens à persécuter les apôtres. Il faut y joindre les fossoyeurs ; car, sans doute, il ne mouroit alors personne, et il n'y avoit pas de malades dans un temps où il étoit si aisé de se guérir.

MADEM. BONNE.

Voilà une réflexion dont jamais personne ne s'est avisé. Assurément l'idée est toute neuve. Pour vous répondre, je vous rappellerai un fait journalier.

Plusieurs de vos docteurs assurent qu'il n'y a plus de miracles; je ne sais sur quoi ils se fondent; et cela ne fait rien à mon récit. Il y a quelques autres savans qui sont d'un avis contraire; et le peuple, sans avoir pesé les raisons des uns et des autres, est de l'avis de ces derniers. Il y a sur-tout un fait qu'il regarde comme miraculeux, et que vous pouvez vérifier. Vous savez ce que c'est que la coqueluche, maladie que les enfans n'ont qu'une fois, et dont ils meurent souvent. Il est bien établi parmi le peuple qu'un excellent remède contre ce mal est le vin que le prêtre met dans le calice à la fin de la messe, et nous voyons tous les jours des mères protestantes venir chez les ambassadeurs demander de ce vin pour guérir leurs enfans malades. Un ministre, qui avoit souvent vu les bons effets de ce prétendu remède, se persuada qu'on mettoit dans ce vin quelque poudre spécifique ; et étant allé trouver le premier chapelain de l'ambassadeur de Naples, lui demanda la composition de ce vin. Vous le distribuez gratuitement, lui dit-il, donnez-le-moi ; cela vous épargnera bien des importunités. Je voudrois vous le donner aux dépens de ma vie, lui répondit le chapelain ; mais le premier ingrédient qui entre dans sa composition, est une foi vive de la présence réelle ; voyez si vous pouvez l'y mettre.

Je me sers de cet exemple pour répondre à miss Sophie. Les apôtres avoient reçu de Dieu le pouvoir de faire des miracles ; mais, excepté quelques cas rares et extraordinaires, il falloit, dans les malades, la foi requise pour guérir : ceux qui n'étoient pas en état de porter cette disposition aux apôtres, ne profitoient point de leurs dons.

LADY LOUISE.

Je crois qu'il y avoit encore un autre obstacle à l'universalité des guérisons. Il est certain que les maladies sont souvent une faveur du Ciel, parce que le malade a besoin d'expier ses fautes ou d'acquérir des vertus. La mort étoit avantageuse à quelques autres, qui auroient perdu leur innocence s'ils eussent vécu plus long-temps. Toutes ces choses, et d'autres que nous ignorons, pouvoient fort bien restreindre le don des miracles, qu'avoient les apôtres. Ainsi il restoit aux médecins et à ceux qui enterroient les morts, assez de malheureux sur qui exercer leur art et leur profession.

MADEM. BONNE.

Et pour achever de tranquilliser miss Sophie, je la prie de remarquer que presque tous ceux qui furent guéris par les apôtres, ainsi que par Notre-Seigneur, avoient des maladies incurables. En ce temps, comme aujourd'hui, on ne recouroit à Dieu qu'après avoir épuisé tous les secours humains. Or, ces maladies étant supérieures à la science des médecins, ils ne pouvoient se plaindre de ces cures.

LADY LOUISE.

Permettez-moi une réflexion d'un autre genre, ma Bonne. Dans la publication de l'Evangile les effets ne me paroissent pas proportionnés aux causes. Je m'explique. Les apôtres firent sans doute un grand nombre de conversions : le premier sermon de saint Pierre convertit quatre mille hommes : il fit cinq mille Chrétiens dans le second, sans compter ceux qui se convertissoient dans des occasions particulières ; mais qu'est-ce que ce nombre, eu égard à la multitude des Juifs que la fête avoit rassemblés dans Jérusalem ? C'est comme un à cent.

MADEM. BONNE.

Allons, miss Dorothée, vous vous endormez : répondez, je vous prie, à l'objection de lady Louise.

MISS DOROTHÉE.

Ne pourroit-on pas dire, à l'égard des conversions, comme pour les miracles : Elles dépendoient des dispositions de ceux qui écoutoient la parole.

LADY VIOLENTE.

Je dirai aussi, en soutenant mon ancienne thèse, que chaque conversion étoit un miracle plus grand que celui qui en avoit été l'occasion, parce que les hommes sont libres de résister au

Créateur. *Celui qui t'a créé sans toi*, dit un saint, *ne te sauvera pas sans toi.*

LADY INCONSÉQUENTE.

Comment, Madame? si Dieu vouloit absolument convertir un homme, est-ce que cet homme pourroit résister? C'est comme si vous disiez que la créature est plus puissante que le Créateur : cela me paroît un blasphême.

MADEM. BONNE.

Ce n'est pas la faute de lady Violente, si ce qu'elle dit vous choque; mais la vôtre, parce que vous ne voulez pas réfléchir. Vous demandez s'il seroit possible à l'homme de résister à Dieu s'il vouloit employer sa souveraine puissance à le convertir. Mais il a décidé qu'il ne le voudroit jamais ainsi, et il seroit contradictoire que cela fût autrement, puisque nous avons expliqué qu'être vertueux, c'est choisir le bien par préférence au mal qu'on pourroit choisir aussi. Or, *choisir* et *être forcé*, sont deux mots contradictoires. Il est certain que Dieu donnoit à tous ceux qui écoutoient l'Evangile, une grâce suffisante pour la recevoir ; mais tous n'étoient pas fidèles à cette grâce. En voulez-vous entrevoir la raison ? Lady Méry va vous en donner le moyen, en vous rapportant ce que dit saint Luc par rapport aux Juifs de Thessalonique, et à ceux de Béroée, chez lesquels saint Paul prêcha avec des succès différens.

LADY MÉRY.

Saint Paul étant à Thessalonique, entretint les Juifs des écritures pendant trois jours de sabbat, leur découvrant qu'il falloit que le Christ souffrît, et qu'il ressuscitât d'entre les morts ; et ce Christ, leur disoit-il, c'est Jésus que je vous annonce. Quelques-uns d'entr'eux crurent, comme aussi une multitude de Grecs craignant Dieu, et plusieurs femmes de qualité ; mais les Juifs incrédules excitèrent une sédition qui obligea les chrétiens de faire sortir pendant la nuit Paul et Silas ; car ils risquoient pendant la nuit d'être mis en pièces. De là ils allèrent à Béroée, où étant arrivés, ils entrèrent dans la synagogue. *Or, ces Juifs de Béroée étoient plus honnêtes gens que ceux de Thessalonique : c'est pourquoi ils reçurent la parole avec beaucoup d'affection et d'ardeur.*

MADEM. BONNE.

Pesez ces dernières paroles, Mesdames. Un petit nombre de Juifs se convertissent dans la première de ces villes ; un grand nombre dans la seconde. D'où vient cette différence ? C'est que les seconds étoient honnêtes gens, et les premiers ne l'étoient pas. Les bonnes mœurs des seconds étoient l'effet de leur fidélité à une première grâce ; l'endurcissement des premiers un châtiment du mépris qu'ils avoient fait de cette même grâce. Voilà, je pense, la clef de la conversion des uns, et de la persévérance dans le mal des autres. Voilà pourquoi les miracles des apôtres ne convertirent pas généralement tous ceux qui en furent les témoins, c'est que leurs dispositions attirèrent la grâce ou la repoussèrent.

BELESPRIT.

Je vais bien avoir ma revanche de tous les affronts que j'ai reçus. Depuis un mois, Mademoiselle, je lis jour et nuit, et voici un des résultats de mes lectures; c'est que vous êtes pélagienne. Vous faites dépendre le salut des dispositions des hommes.

MISS DOROTHÉE.

Si vous n'avez appris que cela, vous auriez tout aussi bien fait de rester en repos. D'abord c'étoit les semi-pélagiens qui prétendoient que par les forces naturelles nous pouvions commencer le bien, et ma Bonne n'a pas dit cela.

LADY LOUISE.

Expliquez nous cela, ma Bonne. J'ai toujours conçu qu'un païen, par exemple, qui vivoit selon la loi naturelle, attiroit la grâce pour connoître Jésus-Christ et devenir chrétien. Il me semble que vous nous l'avez dit autrefois.

MADEM. BONNE.

Et je vous le répéterai aujourd'hui, ma chère, d'autant plus sûrement que je parle d'après saint Paul. Cet apôtre nous dit que les philosophes païens ont été livrés à un sens dépravé et qu'ils ont commis les crimes les plus horribles, parce qu'ayant connu Dieu par ses œuvres, ils ne l'ont pas glorifié. Que trouvez-vous dans ces paroles, miss Dorothée?

MISS DOROTHÉE.

Premièrement, que Dieu se manifeste. Voilà la première grâce qui vient absolument de Dieu, sans que l'homme y mette rien du sien. Secondement, puisque ces philosophes sont punis pour n'avoir pas glorifié ce Dieu qu'ils ont connu, sans doute qu'ils avoient une grâce suffisante pour le faire; car il seroit contre la justice de les punir de l'omission d'une chose qu'il leur étoit impossible de faire. Concevez, Monsieur, quelle différence il y a entre ma Bonne et les Pélagiens. Ceux-là disoient que le commencement du salut venoit des hommes. Par exemple, on sonne le sermon : Pierre doit se convertir à ce sermon; mais, pour se convertir, il faut qu'il y aille. Le semi-pélagien dit qu'il peut se déterminer par ses seules forces naturelles à faire la bonne action d'aller dans cette église où il doit trouver le salut; d'où il faudroit conclure que le commencement de son salut viendroit de lui. Ma Bonne dit, au contraire, il faut une grâce pour qu'il se convertisse à l'église, et il lui en faut une pour qu'il se détermine à aller à l'église. Il avoit fallu sans doute une grâce aux Juifs de Béroée pour être plus honnêtes gens que leurs voisins ; ils l'avoient eue, parce que Dieu ne refuse jamais les premières grâces ; et s'il n'accorde pas toujours les autres, c'est en punition du mépris qu'on a fait de ses premiers dons.

MADEM. BONNE.

D'où il faut conclure, Monsieur, que l'homme ne peut que correspondre à la grâce et non pas la prévenir ; que Dieu, en donnant la première grâce, donne aussi la possibilité de s'en servir : possibilité d'autant plus ou moins grande, qu'on a plus ou moins résisté à ses premiers dons. Voilà ce qui arrive dans le cours ordinaire, ou plutôt ce que nous pouvons présumer. Il est des cas où nous ne pouvons suivre le vol de la grâce, si je puis m'exprimer ainsi, c'est-à-dire où nous ne voyons pas les raisons pourquoi un sermon qui vient de convertir un scélérat, a laissé dans son péché un homme beaucoup moins coupable : c'est alors qu'il faut dire avec saint Paul : *O altitudo!* O profondeur! ô grandeur des jugemens de Dieu!

Miss DOROTHÉE.

J'ai trouvé l'autre jour un homme qui m'impatienta; il me citoit, outre ces paroles, ces autres : *Il fait miséricorde à qui il lui plaît, à qui il veut*; et la conclusion qu'il en tiroit me parut absurde. Moi qui n'entendois pas les beaux raisonnemens qu'il faisoit, je lui dis que l'*altitudo* de saint Paul ne regardoit que les bornes de nos lumières et non pas les jugemens de Dieu. *Il sauve qui il veut*, mais il veut toujours ce qui est bon, juste, sage. Loin de nous toute idée de caprice, de prédilection aveugle dans Dieu. Voici comme cela s'arrange dans ma tête. Il y a d'abord des grâces générales que tous les hommes reçoivent. Elles sont foibles, imperceptibles, mais suffisantes. Sans doute Dieu, en nous les donnant, nous donne aussi le pouvoir, la force d'en faire usage si nous le voulons; car ce seroit se moquer, que de nous donner les premières sans les secondes; si on me donne une bourse de guinées, qu'on la mette dans un lieu où je ne puis atteindre, parce que je suis trop petite, il faut me donner un tabouret, une échelle ou autre chose pour y grimper. La fidélité à ces premières grâces en attire d'autres toujours doubles, c'est-à-dire le désir de faire le bien, la force de le faire, ou la faculté de demander cette force; et de grâce en grâce on parvient au salut, toujours par la grâce de Dieu qui commence et achève, pourvu que notre volonté ne se roidisse pas contre lui, comme la mienne fait souvent.

LADY LOUISE.

Mais si vous avez résisté à la grâce, vous vous êtes mise hors d'état de profiter des grâces suivantes, selon votre systême.

MISS DOROTHÉE.

Comme si Dieu n'en donnoit qu'une portion congrue! Où en serois-je, s'il agissoit ainsi? Il est magnifique et libéral, Mesdames. J'affoiblis sa grâce par mes résistances; mais il m'en reste assez pour me convertir. Voici ce que je crois, comme si je l'avois vu:

1°. Qu'il n'y aura pas un seul réprouvé qui ne confesse, au jour du jugement, qu'il a eu plus de grâces qu'il ne lui en falloit pour se sauver ;

2°. Qu'il n'y aura point un seul Saint qui n'eût pu, s'il l'eût voulu, être damné ;

3°. Que Dieu justifiera sa cause, et en fera voir la sagesse, la justice et la bonté, dans la distribution de ses grâces.

BELESPRIT.

Remerciez-moi, miss Dorothée ; vous avez parlé comme un docteur, et c'est mon accusation par rapport à mademoiselle Bonne, qui a fait briller votre esprit.

MISS DOROTHÉE.

Appelez-vous cela raisonner en docteur, Monsieur ? Vous donneriez le bonnet à bon marché, je le vois. J'ai raisonné de cela comme une fille qui sait qu'il y a un Dieu, et qui n'admet rien qui ne soit conséquent à l'être qu'elle exprime par ce mot.

MADEM. BONNE.

Et sans être docteur non plus que miss Dorothée, j'aurois dit tout comme elle, quand bien même l'Eglise ne m'auroit rien appris sur ce sujet. Voulez-vous un autre exemple qui vienne à l'appui de cette vérité? Les Actes des Apôtres nous le fournissent. Lady Méry, qu'arriva-t-il à saint Paul chez les Athéniens?

LADY MÉRY.

Les Athéniens qui vivoient du temps de saint Paul, ressembloient peu à ceux que vous avez admirés du temps des Aristide et des Thémistocle. Ceux-là combattoient pour la patrie, ceux-ci passoient le jour à se promener sur les places publiques, et à s'entretenir de nouvelles. Saint Paul en ayant abordé quelques-uns, leur parla de l'Evangile de Jésus, et il le fit avec d'autant plus de zèle qu'il frémissoit d'horreur en voyant l'attachement de cette ville à l'idolâtrie. Quelques philosophes l'ayant écouté, se dirent les uns aux autres : que veut dire ce discoureur? Ils le conduisirent à l'Aréopage, où les juges le prièrent civilement de leur exposer la doctrine qu'il enseignoit. *Seigneurs Athéniens*, leur dit l'apôtre, *il me semble qu'en toutes choses vous êtes religieux jusqu'à l'excès; car ayant regardé en passant les autels de vos dieux, j'en ai vu un avec cette inscription : Au Dieu inconnu. C'est ce Dieu que vous adorez sans le connoître, que je vous annonce.* Il leur parla ensuite des merveilles de la création ; il leur fit voir combien l'homme s'étoit dégradé en adorant des statues, beaucoup moins excellentes que lui. Ensuite il leur parla de l'avénement de Jésus et de sa résurrection. *Lorsqu'ils entendirent parler de la résurrection des morts, quelques-uns s'en moquèrent ; les autres lui dirent : Nous vous entendrons une autre fois sur ce sujet. Ainsi Paul se retira de leur assemblée. Quelques-uns cependant se joignirent à lui, entr'autres un membre de l'Aréopage, nommé Denis, et une femme nommée Damaris.*

LADY LOUISE.

Ah! pauvre esprit humain, que tes bornes sont étroites! Que ta puissance est peu de chose! Qui n'auroit cru qu'un peuple savant, poli, spirituel, comme les Athéniens, auroit prêté l'oreille à ce qu'on leur disoit d'une religion si raisonnable et si conforme aux principes naturels? Cependant, à peine s'en trouve-t-il quelques-uns qui veuillent profiter de la grâce qui leur est offerte.

MADEM. BONNE.

Il semble, au contraire, qu'ils craignent d'être convaincus : ils commençoient à sentir les impressions de la grâce ; ils se hâtent de s'y dérober, ils interrompent l'apôtre, et remettent à entendre les vérités salutaires qu'on vouloit leur enseigner, à un temps qui ne devoit jamais revenir pour le plus grand nombre d'entr'eux. Craignons qu'un pareil malheur ne nous arrive, Mesdames. Je prévois de grandes tentations pour celles qui m'écoutent. Un jour viendra, où plusieurs m'interromperont peut-être pour me dire : Nous vous entendrons une autre fois ; paroles qui signifieront dans leur bouche, comme dans celle des Athéniens, nous ne voulons point vous entendre du tout ; paroles qui peut-être décideront de leur salut éternel, comme elles décidèrent de celui de ces malheureux sénateurs.

LADY LOUISE.

Avez-vous des choses si rebutantes

à nous dire, pour nous supposer dans la nécessité de vous fuir?

MISS DOROTHÉE.

Pour moi, je vous dirai comme saint Pierre le dit à Notre-Seigneur : Quand tous les autres vous quitteroient je ne vous abandonnerois pas. Dussiez-vous nous expliquer l'alcoran, je voudrois voir comment vous vous en tireriez.

LADY LOUISE.

Ce seroit autre chose, ma chère : si ma Bonne pouvoit chanter la palinodie, et nous parler contre la religion, je ne l'écouterois pas : je n'ai pas assez bonne opinion de mes lumières pour les exposer à une telle tentation.

MISS DOROTHÉE.

Et que pourroit-elle nous dire de plus fort que ce que M. le Rabbin et M. Belesprit nous ont dit? Leurs mauvais raisonnemens ont-ils ébranlé votre foi? Ne l'ont-ils pas affermie au contraire? On pouvoit, il n'y a que trois mois, renverser notre christianisme, nous laisser au moins des doutes, des anxiétés, qui dans les tentations délicates ne nous eussent fourni que des armes insuffisantes pour empêcher notre foi de succomber. A présent, pour parvenir à nous arracher notre christianisme, il faudroit commencer par nous arracher notre raison : ces deux choses se sont tellement liées, qu'elles sont devenues inséparables. Pourquoi ? C'est qu'on n'a point subjugué notre entendement, qu'on lui a laissé son libre exercice, et que par la méthode que nous avons suivie, ma Bonne s'est ôté la liberté de nous tromper quand elle l'auroit voulu. Pour moi, je déclare qu'elle peut prendre pour sujet de ses conversations tout ce qu'elle jugera à propos ; je serois curieuse de lui voir soutenir une mauvaise cause, pour la battre de ses armes.

BELESPRIT.

Rien de plus sensé. Nous sommes ici, par exemple, de diverses opinions sur la manière dont il faut professer le christianisme. Ou ces différences sont légères, ou elles sont essentielles : je ne les ai jamais examinées, moi qui vous parle ; mais voici ce que le bon sens me dit : Si ces différences étoient légères, ce n'auroit pas été la peine de faire schisme ;

il eût fallu rester unis et épargner tant de sang qui a été répandu à cette occasion. La conduite qu'on a tenue, m'indique qu'on a cru les choses qui nous ont séparés, essentielles, puisqu'on a tout risqué pour les soutenir. De dire que des choses pour lesquelles on a sacrifié de côté et d'autre ses biens, son repos et sa vie, sont les mêmes, c'est une absurdité. Si elles ne sont pas les mêmes, elles diffèrent en quelques points: elles ne peuvent être vraies, ces choses qui diffèrent; ce qui est vérité dans une, doit être mensonge dans son contraire. M'entendez-vous, Mesdames?

LADY VIOLENTE.

A-peu-près. Si ma Bonne croit quelques articles que nous ne croyons pas, il est nécessaire qu'elle ou nous soyons dans l'erreur. On nous dit que ces erreurs importent peu. A cela je réponds: 1°. Qu'il est très-disgracieux d'être la victime de l'erreur, même dans des bagatelles; 2°. qu'on ne nous a point prouvé que l'un ou l'autre des sentimens importe peu; et qui a osé examiner la sainte Bible, le saint Evangile, peut bien mettre sur la sellette le Pape,

Luther, Calvin, Henry VIII, etc.... Nous y avons bien mis Moïse, et, je l'ose dire, Jésus-Christ. Amende honorable au Sauveur d'avoir examiné sa révélation : il connoissoit nos motifs; ils étoient d'affermir nos ames dans le culte qu'on doit rendre à Dieu en esprit et en vérité : d'autres recherches, si nous les faisions, auroient le même motif, elles ne peuvent que lui être agréables. Je vous suivrai donc, ma Bonne, par-tout où il vous plaira nous mener, bien entendu que je vous releverai si vous vous écartez du principe que vous avez posé vous-même.

MADEM. BONNE.

Vous le savez, Mesdames, j'ai fait vœu de ne m'en écarter jamais. Mais il n'est pas question de cela à présent, Mesdames; reprenons le fil de notre discours. Nous devons conclure de tout ce que nous avons dit, que la prédication des apôtres n'eut pas un succès général, eu égard aux mauvaises dispositions de ceux qui les écoutoient : elle en eut pourtant un auquel on n'avoit pas lieu de s'attendre, si on considère d'un côté la doctrine qu'ils prêchoient, et de l'autre la religion, et les mœurs de ceux auxquels ils la prêchoient. Lady Violente, peignez-nous l'état où étoit l'univers au temps où les apôtres prêchèrent l'évangile.

LADY VIOLENTE.

Il faut d'abord se faire une idée des dieux qui étoient adorés alors. C'étoit une Cybèle, mère des dieux; c'est-à-dire une vieille folle amoureuse d'un mortel, nommé Athys, qui fut par elle changé en arbre, parce qu'il n'eut pas la complaisance de répondre à son amour. C'étoit un Jupiter, qui avoit épousé sa sœur, et qui se délassoit du soin de lancer sa foudre sur les adultères, en subornant les filles et même les femmes : un dieu emporté, capricieux, jaloux. Junon, sa femme, étoit une emportée, en proie aux passions qui subjuguent celles de son sexe. Vénus, une femme débauchée qui en faisoit gloire. Mercure, un voleur, un homme qui aidoit à son père Jupiter à séduire les mortelles. Je ne finirois pas, si je voulois vous rappeler l'infamie de cette foule de dieux et de déesses, qui étoient adorés par toute la terre au temps de la prédication des apôtres.

Miss SOPHIE.

Ma Bonne nous a fait entendre que cela augmentoit la difficulté de l'entreprise des apôtres ; j'aurois cru, au contraire, que cela la facilitoit; il n'y avoit rien de si aisé que de faire comprendre aux hommes que le culte qu'ils rendoient à ces scélérats étoit ridicule et impie.

Madem. BONNE.

Les hommes de ce temps ressembloient à ceux de nos jours, ma chère, ils réfléchissoient peu. D'ailleurs, cette religion étoit commode. Comment auroient-ils craint d'être punis par leurs dieux des crimes dont ces dieux s'étoient rendus coupables eux-mêmes? Ces hommes vouloient être vicieux, et ils étoient charmés de s'autoriser à commettre des crimes consacrés. Lady Violente, faites la comparaison de leur foi et de leurs mœurs, avec ce que les apôtres leur offroient à croire et à faire.

Lady VIOLENTE.

Le divorce étoit devenu si commun à Rome, qu'il y avoit peu de familles qui en fussent exemptes : et on offroit aux Romains un mariage indissoluble, qui ne pouvoit se rompre qu'à la mort. Le luxe étoit parvenu à son dernier période dans cette capitale du monde, et on proposoit à ces Sardanapales une pauvreté qui ôtoit les moyens de satisfaire ce luxe; on leur prêchoit la mortification des sens, le crucifiement de la chair. On leur disoit qu'il falloit devenir simples, aimer le mépris. Comment imaginer la possibilité d'une telle métamorphose?

MADEM. BONNE.

Pour mieux sentir la difficulté qu'il y avoit à établir chez les Romains les vertus chrétiennes, rappelez-vous, Mesdames, qu'il n'étoit pas possible de trouver sept vestales parmi les filles des nobles, et qu'il fallut leur associer des plébéiennes, tant la chasteté étoit peu connue chez les personnes du sexe même; et, peu d'années après, l'Évangile multiplia les vierges, les humbles, les pauvres volontaires. Ces fiers Romains plièrent la tête sous ce joug pénible; et comme si l'austérité de la morale chrétienne n'avoit pas suffi pour les effrayer, la persécution s'y joignit bientôt. Les païens, en demandant l'eau du baptême, savoient fort bien qu'ils devoient se préparer à donner du sang; les tourmens les plus cruels, la mort la plus ignominieuse, la perte des biens, l'exil, voilà ce qu'on faisoit envisager aux catéchumènes, et cela ne servoit qu'à augmenter leur ardeur; quel prodige! O que cette parole de Jésus étoit bien vérifiée! *Quand je serai élevé de terre, j'attirerai tout le monde à moi.* Quelle plus grande preuve pourroit-on demander de la divinité de la religion chrétienne?

BELESPRIT.

Il y a nombre d'auteurs qui s'efforcent d'anéantir le témoignage que quelques autres rendent à la constance des martyrs : ils prétendent qu'il y a eu peu de persécutions, et par conséquent peu de martyrs.

MADEM. BONNE.

Que signifie donc les apologies de saint Justin, philosophe et martyr, celles de Tertullien, adressées aux empereurs pour les engager à donner la paix aux chrétiens? Quand ces monumens ne seroient pas au-dessus de toute critique, n'avons-nous pas la lettre de Pline le jeune, qui constate une persécution si cruelle, qu'il suffisoit d'avouer qu'on fût chrétien pour être mis à mort? Un de ces matins, ces Messieurs voudront nous prouver qu'il fait nuit à midi. Je vous l'avoue, leur mauvaise foi me révolte.

MISS BELOTTE.

Vous nous avez dit, ma Bonne, que les Romains se convertirent à la vue des miracles. Cette conversion générale se fit donc du vivant des apôtres; j'ai ouï dire que le pouvoir d'en faire n'a pas passé à leurs successeurs.

MADEM. BONNE.

Si la croix s'est établie sur le Capitole sans miracle, c'en est un mille fois plus surprenant que ceux dont on veut douter; cette réponse est de saint Augustin: il la faisoit aux incrédules de son temps, et ceux de nos jours n'ont rien de bon à répliquer.

MISS CHAMPÊTRE.

Je vais vous faire une singulière réflexion. Vous prétendez que le christianisme purifia les mœurs; mais pouvons-nous croire qu'il ait produit cet effet ? Ne sommes-nous pas chrétiens, et vivons-nous autrement qu'on ne faisoit au milieu de Rome païenne ?

Miss DOROTHÉE.

Voici la réponse à votre réflexion, ma chère. On dit aujourd'hui que l'on croit, et l'on ment. Si on croyoit véritablement, on conformeroit ses mœurs à sa foi. Si on eût vécu alors comme on vit aujourd'hui, il n'y auroit pas eu de quoi crier au miracle.

Madem. BONNE.

Vous avez bien raison, ma chère; mais les choses n'ont pas été au commencement comme elles sont aujourd'hui : la lettre de Pline, dont je vous parlois tout-à-l'heure, en fait foi. Les conversions en ce temps n'étoient point équivoques. Consultez les canons de l'Eglise, et vous frémirez de la longueur de la pénitence qu'on imposoit pour un seul péché mortel. L'idée qu'on avoit de l'innocence de vie qu'exigeoit le christianisme étoit telle, qu'on la poussa trop loin. Montan, et Tertullien après lui, prétendirent qu'on ne devoit point accorder la pénitence à ceux qui avoient eu le malheur de tomber dans un péché considérable après avoir été baptisé : leur sentiment étoit outré sans doute, mais au moins fait-il voir la pureté des mœurs des premiers chrétiens.

J'ai rempli, je pense, Mesdames, l'engagement que j'avois pris avec vous: reste à savoir si ces Messieurs en sont satisfaits, et s'ils nous en feront voir une preuve non équivoque. Vous m'entendez, je pense, Monsieur le Rabbin?

LE RABBIN.

Je vous l'ai déjà dit, Mademoiselle, je suis convaincu, et bientôt vous n'aurez plus aucun doute de la réalité de mes sentimens; mais je vous demande, pour faire une déclaration nette et précise, jusqu'à notre première entrevue : je crois vous avoir déjà dit qu'il me faut ce temps pour prendre certaines mesures absolument nécessaires à mon repos.

FIN DU TOME TROISIÈME.

www.ingramcontent.com/pod-product-compliance
Lightning Source LLC
LaVergne TN
LVHW010547110826
845149LV00003B/586